다크프린스

흑태자 판타지 장편소설

FANTASYSTORY & ADVENTURE

Dark Prince

dream
books
드림북스

다크 프린스 4

초판 1쇄 인쇄 / 2013년 12월 24일
초판 1쇄 발행 / 2013년 12월 31일

지은이 / 흑태차

발행인 / 오영배
책임편집 / 편집부
펴낸 곳 / (주)삼양출판사 · 드림북스

주소 / 서울특별시 강북구 솔샘로67길 92
대표 전화 / 02-980-2112 팩스 / 02-983-0660
편집부 전화 / 02-980-2116 팩스 / 02-983-8201
블로그 / blog.naver.com/dreambookss

등록번호 / 제9-00046호
등록일자 / 1999년 3월 11일

ISBN 978-89-542-5487-8 (04810) / 978-89-542-5483-0 (세트)

이 도서의 국립중앙도서관 출판시도서목록(CIP)은 서지정보유통지원시스홈페이지(http://
seoji.nl.go.kr)와 국가자료공동목록시스템(http://www.nl.go.kr/kolisnet)에서 이용하실 수
있습니다. (CIP제어번호: 2013028444)

흑태자 판타지 장편소설

FANTASYSTORY & ADVENTURE

디크프린스

Dark Prince

4

dream
books
드림북스

다크프린스

Dark Prince

목차

1장.

태양을 삼키다

1

고속으로 항해하던 베르디스호는 갑자기 발이 묶여 쩔쩔
매는 모습이었다.

그 모습을 보며 제독 캄프가 자랑스레 콧수염을 쓰다듬
었다.

"여긴 크라켄의 산란장입니다, 마마."

그냥 크라켄의 둥지도 아니고 산란장이라면 말 다 했다.
이곳을 침범당한 어미 크라켄은 침입자를 절대 그냥 두지
않으리라.

펑! 퍼펑!

베르디스호는 그야말로 필사적으로 발버둥 치며 포탄을

쏘아 댔다. 막다른 길에 몰린 맹수와도 같은 모습이었다. 격렬한 저항에 크라켄의 다리가 4개나 끊어졌다.

하지만 크라켄도 끈질겼다.

놈은 성난 어미였다. 설령 죽더라도 절대 물러서지 않을 태세였다.

휘리릭! 휘릭!

"으아아악!"

크라켄의 촉수들이 갑판 이곳저곳을 훑으며 선원들을 쏙 쏙 집어 갔다.

거미여왕 칼라는 푹신한 의자에 앉아 붉은 전함의 발악을 느긋하게 감상했다.

'그래, 일단은 가디언부터 처리하고…… 그다음엔 루나리언, 너다.'

그녀는 베르디스를 무력화시킨 뒤 가디언이 자신을 위해 힘을 쓰도록 복종시킬 작정이었다. 그리고 나서는 빙해에 수장된 알카즈로 다시 내려가 시슬란의 시신으로부터 마나 크리스털을 회수하는 것이 그녀의 계획이었다.

그러나 그녀는 베르디스의 저력을 얕보았다.

『닻을 내려!』

베르디스가 외쳤다.

선장과 선원들이 허겁지겁 닻을 내렸다.

그 순간 칼라는 자신의 눈을 의심해야만 했다.

촤르르륵!

"……!"

풀려 나온 닻은 원래 아래로 주르륵 떨어져 바다에 잠기는 게 정상이다. 그런데 지금은 달랐다. 마치 기사가 휘두르는 모닝스타처럼 묵직한 닻이 엄청난 기세로 휘둘러졌다.

휘이이익, 퍼석!

통짜 쇠로 만들어진 닻이 크라켄의 몸통을 찍어 버렸다.

크에에에엑—!

다리 서너 개가 잘린 것과는 차원이 다른 충격과 고통!

베르디스는 거기서 멈추지 않았다.

『원래 길 가던 예쁜 아가씨에게 말을 붙이려면 따귀를 맞을 각오도 해야 하는 법이야!』

휘이잉! 뻐억! 부웅! 푸우욱!

이건 평범한 따귀가 아니었다.

닻이 종횡무진 춤을 추며 크라켄을 찍고 또 찍었다. 크라켄도 남은 다리로 닻을 잡으려고 했지만 오히려 내민 다리만 잘리고 말았다. 무게와 힘이 고스란히 실린 닻이 크라켄의 전신을 넝마로 만들었다.

덕분에 베르디스의 동체를 붙들고 있던 크라켄이 드디어

떨어져 나갔다. 마나 포가 크라켄을 겨누었다.

"발사!"

선장의 구령과 함께 일제사격!

무지막지한 크라켄도 결국 숨이 끊어지고 말았다.

"어찌 저런……."

제독 캄프가 물고 있던 담배 파이프를 떨어뜨렸다.

닻을 도리깨나 모닝스타처럼 제멋대로 휘둘러서 크라켄을 패 죽이다니, 이게 정녕 가능한 일인지 눈으로 보고도 믿을 수가 없었다.

그사이 베르디스호의 선원들은 넝마가 된 크라켄의 사체를 갑판 위로 끌어 올리고는 환호성을 내지르며 도주를 재개했다.

거기에 한술 더 떠서 블랙비어드 선장은 무적함대에까지 들리도록 광란의 고함을 내질렀다.

"오늘 밤엔 갑판 위에서 문어 파티다! 크하하하!"

"어, 어서 포위망을 좁혀라!"

무적함대가 서둘러 움직였지만 출발에서 이미 늦었다. 베르디스호는 아슬아슬하게 포위망을 돌파했다. 그 과정에서 마나 포 세례로 좌우 두 척의 전함에 커다란 피해를 주는 것도 잊지 않았다.

8척만 남은 1함대가 추격을 재개했다.

바람 계열 마법사들의 분발로 돌풍 마법이 연달아 구현됐지만 베르디스도 그에 못지않게 빨랐다. 결국 베르디스호와 무적함대는 비슷한 속도로 움직였고, 더는 간격이 좁혀지지 않았다.

제독의 안색이 창백해졌다.

'큰일 났다!'

베르디스의 전투력이 저 정도일 줄은 꿈에도 몰랐던 그였다. 막막했다. 2개 함대로도 잡지 못한 저 괴물 같은 배를 이제 8척만 남은 1함대로 잡아야 하는 처지가 되었다. 도저히 자신이 없었다.

자신을 보는 선왕비의 싸늘한 눈초리도 두려웠다.

"제독."

"예, 마마."

"전 제독을 믿었는데 말이죠."

제독이 허겁지겁 변명했다.

"아, 조금만 기다려 주시면 되옵니다. 이제 적들은 더 이상 도망갈 곳도 없이 궁지에 몰렸습니다. 저길 보십시오. 우리를 보자마자 꽁지가 빠지도록 도망치기에 바쁜 저 모습을! 하오니 이제 저들의 숨통을 끊어……."

푸욱!

"서, 선왕비…… 마마?"

제독 캄프가 놀란 눈을 끔벅거렸다.

그는 믿을 수 없다는 눈길로 칼라의 얼굴과 자신의 심장에 꽂힌 단검을 번갈아 쳐다보았다.

단검의 손잡이를 쥐고 있는 손은 바로 칼라의 손이었다.

"왜…… 왜……!"

"왜냐니? 무능한 대가를 치러야지?"

"그, 그런……."

"뜻깊은 죽음이라고 생각해."

버둥거리는 제독의 가슴에서 칼라의 단검이 움직였다.

놀란 장교와 수병들이 어찌 제지할 틈도 없이 순식간에 벌어진 일이었다.

쩌어어억!

그녀는 너무나 능숙한 솜씨로 제독의 가슴을 갈랐다. 그리고 아직도 펄떡거리는 제독의 심장을 뽑아내어 높이 치켜들었다.

놀랍게도 제독의 심장에는 머리 셋 달린 뱀의 문신이 새겨져 있었다.

설마하니 자신의 심장에 문신이 새겨져 있을 거라는 생각을 한 번도 못해 봤던 제독은 놀라움을 가득 담은 눈으로 갑판에 털썩 주저앉았다. 그대로 숨이 끊어졌다.

심장을 높이 치켜든 칼라가 외쳤다.

"깨어나라, 완성형 강화병들이여!"

키이이이!

심장에 새겨진 히드라 문신이 요사한 붉은빛을 뿜어내기 시작했다.

그와 동시에 갑판 위의 장교들과 수병들이 일제히 비틀거렸다.

"크으윽?"

"어어……?"

그들의 이마에서도 같은 무늬, 머리 셋 달린 뱀의 문양이 시뻘건 빛과 함께 모습을 드러냈다. 수병들의 눈이 하얗게 뒤집혔다.

그리고 변화가 시작되었다.

"크아아아악!"

수병들의 전신에서 인간의 것이라고 보기 힘든 사악한 기운이 넘실거렸다. 전신에 엄청난 부피의 근육이 불끈거리며 옷을 찢고 모습을 드러냈다.

그들의 흰자위는 검은색으로 변해 있었고, 눈동자는 새파랗게 빛났다.

달라진 것은 눈빛만이 아니었다.

콰지직! 콰직!

그들이 손에 들고 있던 사브르 손잡이가 급격히 증가한

손아귀 힘을 버텨 내지 못하고 짜부라졌다.

알카즈의 지하에서 시슬란이 본 강화병들과 똑같은, 엄청난 육체적 힘이었다.

그러나 칼라가 소환한 완성형 강화병이 알카즈의 그것들과 다른 결정적인 차이점이 하나 있었다. 완성형 강화병은 알카즈의 그것들처럼 몸이 노화되지 않았다.

'후후후! 말 그대로 이것들은 실험체가 아닌 완성형이니까!'

칼라가 피 묻은 단검으로 멀어져 가는 베르디스호를 가리켰다.

"가라! 저 배의 모든 생명을 지워라!"

"크르륵! 크워어억!"

그들의 힘은 가공할 정도였다.

퍼펑! 펑! 퍼어엉!

강화병들이 솟구치는 것과 동시에 무지막지한 충격을 받은 산마리아스호의 갑판이 산산조각 났다. 갑판마저 부술 정도로 엄청난 힘의 비상!

그것은 도약이 아닌, 거의 비행이었다.

거의 300미터 가까이 벌어진 베르디스호에 단 한 번의 점프로 쇄도했기 때문이다.

까만 점이 되어 솟구쳤다가 삽시간에 쇄도해 오는 200마리의 강화병들!

그들의 모습에 블랙비어드 선장이 입을 쩍 벌렸다.

"저, 저게 뭐야!"

강화병들이 우수수 떨어져 내리는 순간이었다.

『정신 차려!』

베르디스가 먼저 움직였다.

촤르르르륵!

크라켄을 박살 냈던 그녀의 닻이 다시금 허공에 죽음과 파괴의 선율을 그렸다. 막 베르디스호를 향해 떨어져 내리던 강화병 열네 마리가 거대한 닻에 맞아 산산조각이 나버렸다.

베르디스의 저항은 그걸로 끝이 아니었다.

퍼퍼퍼펑!

300문의 마나 포가 최대 발사각으로 쏘아졌다.

화약을 사용하는 다른 함선의 대포와 달리 반동이 적은 덕분에 최대 발사각이 거의 수직에 가까운 포격!

뻐억! 퍼퍼퍽! 콰직!

일제 포격에 의해 32마리의 강화병이 가루가 되었다.

그러고도 살아남은 154마리의 강화병이 마침내 베르디스의 갑판 위로 착지했다.

콰앙! 콰지직!

엄청난 충격!

순간적으로 베르디스호의 거체가 들썩였을 정도의 충격에 갑판 곳곳이 움푹 패고 균열이 생겼다. 선원들이 균형을 잃고 사방으로 넘어지고 굴렀다.

블랙비어드 선장이 외쳤다.

"백병전이다앗! 빨리빨리 움직여, 이 녀석들아!"

"으와아아앗!"

선장을 선두로 선원들이 커틀러스(Cutlass)를 뽑아 들고 강화병들을 향해 용감히 덤벼들었다. 그러나 상대는 그들이 생각했던 보통의 인간이 아니었다.

챙강!

블랙비어드 선장이 내리친 커틀러스는 강화병이 치켜든 팔뚝에 간단히 가로막혔다.

칼날이 똑 부러졌다.

"어엉?"

팔뚝에 강철로 만든 보호대를 착용한 것도 아니요, 방패를 들고 있는 것도 아닌, 그저 맨팔뚝에 칼날이 부딪혔는데 오히려 칼이 부러진 것이다.

"크르륵!"

곧바로 돌아오는 강화병의 반격!

휘이잉!

맞지도 않았는데 선장의 수염이 휘날렸다.

'뭐 이런 놈이 다 있어!'

기겁한 선장이 바닥을 굴렀다.

간발의 차이로 강화병의 손아귀가 선장의 머리 위를 스쳐 지나갔다.

콰지직!

갑판을 단숨에 뚫어 버린 강력한 일격.

그러나 선장에게 한숨 돌릴 틈은 사치에 불과했다. 강화병이 흉성을 터뜨리면서 계속 선장을 향해 달려들었기 때문이다.

"크워어어억!"

"으아악!"

콰직! 콰콰콰콰!

덕분에 선장은 자신이 바닥을 구르는 데에 출중한 재능이 있음을 깨닫게 되었다. 물론 그가 원했던 건 아니었지만.

그러나 한쪽으로만 바쁘게 구르다 보니 더는 도망갈 곳도 없었다. 있는 곳이라곤 난간 밖의 바다뿐!

그러나 해적 출신답지 않게 전혀 헤엄을 칠 줄 모르는 그에게 북해의 차가운 바다는 선택 사항이 될 수 없었다.

'아아, 나도 이렇게 가는구나!'

모든 인생의 굴곡을 남들보다 빠르게 거쳐 왔다고 자부하던 블랙비어드 선장. 죽는 것도 이 자리에서 부하들보다 가장 빨리 죽는구나, 하는 생각이 들던 순간이었다.

뻐어억!

"크엑!"

강렬한 소리와 함께 강화병이 저만치 튕겨 날아갔다.

뒤이어 들려오는 호통.

"뭐하고 있어! 정신 안 차려?"

붉은 트리콘 모자의 여해적이 살기등등하게 외치고 있었다. 보다 못한 베르디스가 마침내 본모습을 드러낸 것이다.

촤촤촤촤악!

그녀의 손에 들린 두 자루 커틀러스가 쌍칼의 춤을 추었다. 강력한 힘을 지닌 강화병이 허둥거리며 물러날 정도로 날카로운 공격이었다.

그러나 베르디스의 참전도 상황을 뒤집을 수는 없었다.

그녀는 근처의 강화병 몇 마리를 저지할 수 있을 뿐이었다. 나머지 100마리가 넘는 강화병들이 배 곳곳에서 난동을 부리고 있었고, 선원들은 속수무책으로 당하고 있었다.

"크윽!"

이대론 승산이 없었다.

선원을 모조리 잃고 배를 접거당할 수밖에 없는 상황!

마침내 대다수의 선원들이 희생되고, 블랙비어드 선장과 애꾸눈 항해사, 그 외 몇몇 핵심 간부들만 간신히 살아남아 베르디스 주위로 모였다.

반면, 강화병들은 여전히 기세등등한 모습이었다.

남은 그들의 숫자는 무려 132마리!

선원들의 목숨을 버리는 결사적인 저항으로도 겨우 22마리밖에 잡을 수 없었다. 그마저도 10마리 정도는 베르디스가 혼자서 처리한 숫자였다.

블랙비어드 선장도, 나머지 간부들도 이 순간만큼은 '절망'이라는 두 글자를 떠올릴 수밖에 없었다.

"이젠…… 진짜로 끝인 것 같군. 그동안 네놈들도 수고 많았다."

"크흐흐, 선장도 수고 많았습니다."

"흐흐! 마지막이니 화려하게 싸워 봅시다."

해적 시절부터 선장을 따랐던 그들이 커틀러스 손잡이를 부서져라 움켜쥐었다. 베르디스 또한 마지막 항전을 위해 숨을 골랐다.

그동안 칼라도 상황을 구경하고만 있지는 않았다.

아니, 지금 이 순간 그녀는 누구보다도 바빴다.

그녀는 지금 증거인멸을 하는 중이었다.

"서, 선왕비 마마, 어째서! 커윽!"

"마마! 이러시면 안 됩니…… 쿠악!"

곳곳에서 튀어 오르는 핏줄기!

칼라는 1함대의 나머지 전함으로 건너뛰어 학살을 만끽하는 중이었다.

강화병으로 변한 선원들은 기함의 선원들밖에 없었다. 나머지 7척 전함의 선원들은 강화병이 아닌 보통의 수병들이었다.

그들은 갑자기 돌변한 기함 동료들의 모습에 크게 놀랐다.

그런 그들에게 선왕비가 접근했다.

수십 미터는 떨어진 바다를 단 한 번의 도약으로 건너뛰는 그녀의 모습에 모두가 눈을 휘둥그레 떴다.

"선왕비…… 마마?"

그다음부터 이어진 상황이 바로 지금의 일방적인 살육이었다.

그녀는 배의 장교와 선원을 단 한 사람도 살려 두지 않았다. 정체를 드러낸 강화병, 그 비밀을 지키기 위해서 모든 목격자를 죽여 버리는 그녀였다.

푸확!

"끄학!"

파샷!

"……!"

사람의 목이 날아다니고 팔다리가 퍼덕거리며 갑판 위를 뒹군다. 비명과 절규는 싸구려 연극 무대의 음향처럼 두서없이 날고, 산 자들은 오로지 살기 위해 그 속에서 어설픈 춤사위를 버둥거린다. 그리고 이미 죽은 자들은 하얀 눈알을 부릅뜨고 그 참상을 바라본다. 히죽 웃는다. 공허하게.

"으, 으아아아아!"

몇몇은 도망치려 했지만 부질없는 일이었다.

그들도 모조리 죽었다.

히죽.

시체만 남은 갑판 위에서, 피를 흠뻑 뒤집어쓴 칼라가 히죽 웃었다. 그간 정체를 감추느라 많이 답답했었는데, 오랜만에 피 맛을 보니 정말로 날아갈 듯한 쾌감이 느껴지는 것이었다.

선원을 잃은 전함이 유령선처럼 얼음 바다를 떠다니는 가운데, 그녀는 마지막 목표를 향해 몸을 날렸다.

터엉!

132마리 강화병의 영접을 받으며 베르디스호의 갑판에 내려선 칼라는 선장 일행을 향해 방긋 웃었다.

"이제 슬슬 끝을 내야겠지?"

"할 수 있다면 해 보시든가."

베르디스가 일행의 앞을 막아섰다.

칼라의 눈길에 조소가 어렸다.

"미쳤군. 우리를 배신한 가디언 주제에 감히 겁도 없이 내 앞을 막아서느냐? 누구 덕분에 지금까지 영생을 누려왔는지, 그 은혜를 벌써 잊은 건가?"

"은혜는 개뿔!"

타앙!

베르디스가 갑판을 박차고 칼라에게 달려들었다.

"죽여 버린다!"

부활의 사도.

그녀에게 부활의 사도는 원수였다. 바다를 주름잡던 그녀의 자부심도, 해적으로서의 자유도 모두 빼앗기고서 기나긴 시간 동안 노예처럼 살아왔기 때문이다.

그리고 지금, 드디어 그들 중의 하나인 십이 사제의 일원이 눈앞에 나타났다. 이보다 좋은 기회란 없다고, 베르디스는 생각했다.

그러나 현실은 조금 달랐다.

휘릭, 츠파앙!

"......!"

무언가 바람이 부는가 싶었다.

그 직후, 그녀의 칼은 빗나가고 엄청난 충격이 베르디스를 강타했다.

속이 뒤집히는 것 같은 느낌에 그녀는 자신도 모르게 무릎을 꿇고 말았다.

"크, 쿠엑!"

"이따위 지친 칼에 내가 맞을 것 같았어? 응?"

츠팡! 빠아악!

베르디스는 쓰러지지도 못하고 거듭된 타격에 선 채로 노출되었다. 너무나 빠른 칼라의 손발이 그녀를 쓰러지지도 못하게 하고 있는 까닭이었다.

"쌍! 그만하지 못해!"

보다 못한 블랙비어드 선장이 달려 나갔다.

하지만 그는 칼도 휘둘러 보지 못하고 만신창이가 되어 바닥을 굴러야 했다.

"흐흥, 시시한데? 생각보다 훨씬 별로야. 가디언도, 네 놈들도."

선장이 떨어뜨린 칼을 주워 든 칼라가 쓰러진 베르디스의 머리를 지그시 밟았다.

"그래도 궁금한 게 한 가지는 있어. 지금 이 가디언의 목을 베어 버리면, 이 배는 어떻게 되는 걸까? 응? 궁금하지 않아?"

커틀러스가 치켜들렸다.

"그, 그만……."

"그럼 결과를 함께 보자고."

휘이익!

"안 돼!"

푸확!

피가 튀었다.

그러나 그것은 베르디스의 피가 아니었다.

"……어?"

칼라는 멍한 눈길로 자신의 손목에서 튀어 오르는 핏줄기를 바라보았다. 그리고 그 핏줄기 건너편에 서 있는 한 남자의 모습도.

투화하악!

어느새 그녀의 바로 앞에, 깊숙한 지하에서부터 치솟은 불길한 암흑의 기둥이 우뚝 서 있었다. 공간 전체를 뒤흔드는 엄청난 파동! 암흑의 기둥은 거대하게 회오리치며 하늘을 찢어발길 듯 치솟았다.

그리고 그 속에서, 한 남자가 걸어 나왔다.

시슬란이었다.

2

'뭐, 뭐야! 살아 있었어?'

칼라는 혼란을 느꼈다.

알카즈엔 출입구가 하나밖에 없었다. 바로 그녀가 빠져나온 통로였다. 그리고 그 통로는 그녀가 빠져나오며 직접 무너뜨렸었다.

따라서 시슬란은 완전히 갇힌 셈이었다.

제아무리 그가 강력하다고 해도, 머리 위를 짓누르는 수백만 톤의 암석과 빙산을 헤치고 지상으로 솟아날 방법은 절대로 없어 보였다.

그러나 그는 살아 있다.

살아 있을 뿐 아니라 멀쩡한 모습으로 나타나 그녀를 노려보고 있었다.

그러나 칼라도 지지 않았다.

'그럼 다시 죽이면 되지.'

동시에 베르디스호의 갑판에서 선장 일행의 숨통을 끊으려던 강화병들의 뇌리에 그녀의 명령이 떨어졌다.

『시슬란을 죽여라!』

"크륵!"

"……크워어억!"

쾅! 콰아앙!

놈들은 선장 일행을 놔두고 곧바로 시슬란을 에워쌌다.

칼라, 그리고 132마리의 강화병!

그러나 시슬란은 전혀 흔들리지 않았다.

그는 주변을 경계하기는커녕 만신창이가 되어 쓰러진 베르디스를 부축했다.

"심하게 당했군."

"크, 크윽…… 미안…….."

"왜 미안하지?"

"내가 다치지 않았다면 지금이라도 다 함께 도망칠 수 있었을 텐데……. 저길 봐. 내가 다친 탓에 돛도, 키도 모두 망가졌어. 미안해."

베르디스의 얼굴에 후회의 빛이 떠올랐다.

"그러니 어서 도망가. 나중에 나와 선원들의 복수를 부탁해."

"지금…… 나보고 혼자 도망가라고?"

"그래."

베르디스는 진지했다.

그만큼 직접 부딪쳐 본 거미여왕 칼라, 그리고 강화병들의 위력이 강력했던 것이다.

그녀는 나름 냉정하게 상황을 판단하고 있었다.

'저들을 시슬란 혼자서 상대하는 건 불가능해. 만약 지금이 밤이었다면 가능했겠지만 지금은…….'

대낮, 그것도 태양이 꼭대기에 걸려 있는 정오였다. 게다가 돛도 부러져서 갑판에는 최소한의 그늘도 없었다. 시슬란이 능력을 발휘할 여건이 전혀 아닌 셈이었다.

그런 그들의 모습에 칼라가 조소했다.

"우후후, 지금 뭐하는 거죠? 혹시 둘이서 가슴 아픈 이별을 맞이하고 있다고 착각하는 건가요? 그거라면 걱정 마세요. 함께 보내 드릴 테니까."

칼라의 손이 해가 쨍쨍하게 떠 있는 하늘을 가리켰다.

"햇빛 아래에서는 약해지는 루나리언. 정오인 지금, 나와 강화병들을 혼자서 감당할 수는 없겠죠?"

칼라도 베르디스와 같은 계산을 하고 있었다.

햇빛 아래에선, 거기다가 몸에 드리워지는 그늘조차 없는 곳에선 아무리 시슬란이라도 원래 능력의 10분의 1도 발휘하기가 어려웠다.

'후후후! 이건 기회야!'

칼라도 그 사실을 잘 알기에 득의양양할 수 있었다.

'과연! 네가 이 상황에서 뭘 할 수 있을까, 루나리언?'

그녀는 이미 시슬란의 죽음을 기정사실로 여기고 있었다.

그런데 그때였다.

"지금이 정오라고? 확실한가?"

시슬란이 이상한 질문을 던졌다.

칼라가 실소했다.

"당연하죠."

"정말로 자신할 수 있나?"

"아하하핫! 루나리언, 그대는 자부심이 강한 인간인 줄 알았는데……. 혹시 두려움에 정신이 나간 건가요?"

"그건 아닌데."

"그럼 죽음을 조금이라도 늦춰 보려고 시간을 끌고 있는 것이겠군요. 하지만 포기하세요. 그런다고 해도 해가 지려면 아직 많은 시간이 남았으니."

"과연 그럴까?"

시슬란이 묘한 웃음을 지으며 보인 행동은 칼라로선 이해할 수가 없는 행위였다. 그는 난간 위에 손가락을 하나 세웠는데, 그 모습이 마치 해시계를 만드는 것 같았던 것이다.

칼라의 입가에 비웃음이 걸렸다.

"그래, 고작 시간을 확인하려고 하는 건가요? 왜, 자신이 죽게 될 시간이 궁금해서?"

"아니."

시슬란이 피식 웃었다.

해시계는 정오의 방향을 가리키고 있었다.

그런데 그가 손가락을 치웠을 때도 해시계를 만들던 그림자만은 그 자리에 그대로 남아 있었다.

샤아아아.

해시계가 조금씩 일렁였다.

시슬란이 해시계에 다시 손가락을 올려놓았다.

그의 눈동자에 단호한 빛이 서렸다.

"하늘의 시간을 바꾸기 위해서다."

그가 손가락을 쭉 밀었다.

해시계가 한꺼번에 엉뚱한 시간을 향해 밀려갔다.

동시에…… 하늘이 변하기 시작했다.

2장.

맹독과의 전쟁

1

쿠우웅—!

땅이 울었다.

바다가 떨었다.

그리고…… 하늘이 옆으로 밀려났다.

"뭐, 뭐야!"

칼라가 눈을 부릅떴다.

사방 천지가 뒤흔들리나 싶더니 하늘 전체가 옆으로 스르륵 밀려났다. 그리고 새로운 하늘이 커튼이 처지듯 원래 있던 하늘의 빈자리를 메웠다.

그 하늘은 숨 막힐 듯한 어둠, 자정의 밤하늘이었다.

끼리릭.

"대체 이게 무슨……!"

당황한 칼라가 외쳤다.

하늘의 시간을 바꾸어 버린, 상식을 한참이나 초월해 버린 이 사태에 그녀는 할 말을 잃어버렸다.

시슬란의 선고가 떨어졌다.

"이제 시간은 자정이 되었다."

"……."

"눈으로 보면서도 믿지 못하나?"

끼리릭.

그의 입가에 조소가 걸린다.

해시계가 움직인다.

쿠우우웅─!

더욱 빨리 회전하는 하늘.

하늘의 시간이 역행하기 시작했다.

달이 동쪽으로 졌다.

해가 서쪽의 석양에서 떠올랐다.

서쪽에서 뜬 태양이 동쪽으로 여명과 함께 저물었다.

계속해서 끼리릭.

시간은 멈추지 않는다.

하늘의 역행도 멈추지 않는다.

때로는 안개가 끼었다가 그다음에는 비바람이 불었다.

"이, 이건 이틀 전의 날씨인데……."

쏟아지는 차가운 빗줄기에 정신을 차린 블랙비어드 선장이 중얼거렸다.

번쩍!

뇌전이 만물을 창백하게 물들였다.

"어떤가? 좋은 날씨지?"

꽈르릉!

"……."

칼라는 반 발짝 옆으로 움직여 그와의 간격을 조절하는 것으로 대답을 대신했다.

과정이야 어찌 되었건 이제 밤이 되었다. 그걸 인정 안 할 수는 없었다.

'여기서 결말을 내야겠지?'

어떤 방식으로든 여기서 결말이 나리라.

칼라도, 시슬란도 그걸 깨닫고 있었다.

스르륵.

둘은 서로를 바라보며 미끄러지듯 옆으로 움직였다. 두 사람이 그리는 원의 크기가 점점 줄어들었다. 그와 함께 원 바깥에 선 강화병들이 힘을 증폭시키기 시작했다.

"크르르륵!"

놈들에게 칼라의 명령이 떨어졌다.

『죽여!』

"캬아악!"

사방에서 강화병이 뛰어들었다.

역시 완성형이라는 이름답게 알카즈의 지하 죄수들보다 훨씬 재빠른 몸놀림이었다. 능력 또한 지하의 죄수들보다 월등했다.

"캬라라락!"

인간을 초월하는 속도와 힘, 그뿐만 아니라 신체 일부를 변형하기까지 하며 시슬란에게 덤벼들었다. 팔이 갑자기 수 미터나 주욱 늘어나는 놈이 있는가 하면, 벌레처럼 여러 개로 변형된 다리로 어지럽게 움직이는 놈도 있었다. 입에서 독과 불을 내뿜는 놈에, 심지어 날개를 펼치고 위에서 습격하는 놈도 있었다.

같은 패턴이 하나도 겹치지 않는 다채로운 공격의 소나기!

거기에 칼라까지 가세했다.

츠파앙!

강화병의 공격을 피한 시슬란이 반격을 가하려 할 때마다 놈들의 틈바구니에 몸을 숨기고 있던 칼라가 날카로운 기습을 가해 왔다.

그러나 시슬란은 당황하지 않았다.

샤아아아!

그의 주변에 어두운 파동이 일렁인다 싶은 다음 순간, 그를 중심으로 반경 5미터의 공간이 압축되었다.

콰지직! 와득!

"케엑!"

시슬란을 향해 달려들었다가 그 범위 안에 걸려든 강화병들이 낡은 양철통처럼 찌그러졌다.

그것으로 끝이 아니었다.

"크륵?"

동료의 떼죽음에 강화병들이 잠깐 멈칫한 순간, 시슬란이 내뻗은 열 손가락에서 기다란 어둠의 실오라기가 흘러나와 전함 갑판 곳곳에 널브러져 있던 잡동사니에 닿았다.

스르르륵!

밧줄이 일어섰다.

찢긴 돛이 너풀거렸다.

부서진 마스트가 회전하며 떠올랐다.

그 외에도 수많은 나뭇조각, 쇠붙이가 오래된 망령처럼 제멋대로 움직이고 떠올랐다. 그리고 시슬란의 손가락 움직임에 따라 가공할 무기로 돌변했다.

쏴아아아, 콰지직! 퍼퍽!

잡동사니의 폭풍!

수많은 나뭇조각, 쇠붙이, 파편 등이 그야말로 폭풍처럼 날아다니며 범위 안에 걸리는 모든 물체를 부쉈다.

그렇게 만들어진 파편이 폭풍에 합쳐지며 파괴의 범위가 기하급수적으로 늘어났다.

강화병들도 예외가 아니었다.

"크, 캬아아악!"

상황을 깨닫기도 전에 십여 마리가 폭풍에 휩쓸려 비명만 남기고 사라졌다. 놈들의 뼛조각마저도 폭풍의 일부가 되고서야 나머지 강화병들이 제정신을 차렸다.

"피해!"

칼라의 다급한 외침.

그러나 이미 때는 늦어 있었다.

폭풍의 범위가 전함 갑판 전체를 휩쓸고 있었기 때문이다.

"크윽……!"

칼라도 안전할 수 없었다.

하지만 그녀가 고도의 집중력을 발휘하자 가공할 속도와 어울려 경이로운 장면이 연출되었다. 눈으로 좇기에도 어려울 정도로 많은 파편을 일일이 쳐내고, 때론 피하며 거의 아무런 피해도 입지 않은 것이다.

그러나 강화병은 아니었다.

잡동사니의 폭풍 사이로 드러난 광경에 칼라는 망연자실할 수밖에 없었다.

"강화병이……."

한 마리도 남지 않았다.

아예 가루가 되어 너덜너덜해진 놈들이 대부분이었고, 그나마 기적적으로 숨이 붙어 있는 몇 놈도 움직이지 못할 지경이었다. 그마저도 칼라가 보고 있는 사이에 숨통이 끊어졌다.

그리고 이제 잡동사니의 폭풍은 혼자 남은 칼라만을 집중적으로 노리고 있었다.

"크으악!"

아무리 그녀가 빠르고 집중력이 무한대라 해도 애초에 피할 수 있는 데는 한계가 있는 법이었다. 시슬란이 작정하고 칼라만을 노리게 되자 그녀의 전신에도 자잘한 상처가 급속도로 늘어났다.

"내게 이런 치욕을 선사하다니…… 좋아요, 그 보답으로 세상에서 가장 끔찍한 죽음을 안겨 주도록 하죠."

칼라가 이를 갈았다.

그러나 시슬란의 능력을 인정하지 않을 수 없었다. 이대로 있다간 자신도 당할 거란 사실 또한.

칼라도 가만히 당하고 있지만은 않았다.

타다닥, 츠파앙!

한 번의 도약으로 폭풍의 범위에서 몸을 빼낸 칼라가 부서진 마스트 위에서 온몸을 움츠렸다.

두 사람은 서로를 노려보며 자세를 낮추었다.

우르르릉…….

하늘이 으르렁거리듯 몸을 떤다.

그리고.

번쩍!

섬광이 하늘을 쪼개는 순간!

"죽엇!"

칼라가 먼저 움직였다.

탕! 갑판을 박차는 소리.

흡! 멈추는 호흡.

경쾌하게 공기가 갈라진다. 그렇다. 밀려나는 것이 아니라 갈라진다. 그만큼 칼라는 빠르게 움직이고 있었다.

하지만 그걸로 다였다.

시슬란이 보기에 그녀는…… 단지 빠르기만 할 뿐이었으니까.

'쉬워.'

이미 시슬란은 칼라의 공격 방향을 예측하고 있었다. 그렇기에 그녀의 섬전 같은 일격이 날아들기도 전에 가볍게 한 걸음을 비켜서고 있었다.

너무나 평범한 걸음.

하지만 섬전은 그 무엇도 베어 내지 못하고 허무하게 비껴 나가고 말았다.

"허? 피해?"

타앙!

헛손질을 한 칼라가 돌아서며 더욱 빠른 기세로 시슬란을 덮쳐 왔다. 이전보다 더욱 피하기 까다로운 방향과 타이밍을 파고드는 공격이었다.

하지만.

휘릭.

시슬란이 선미루 난간을 밟고 몸을 가볍게 솟구쳐 올렸다. 공중에서 거꾸로 몸을 뒤집는 그의 머리 바로 아래로 칼라의 공격이 스쳐 지나갔다.

번쩍!

벼락이 친다.

칼라의 공격은 멈추지 않았다.

가로로, 종으로, 사선으로.

사방팔방으로 시슬란의 육신을 찢어발기기 위한, 눈으로도 따라가기 어려운 연격이 이어졌다.

섬전같이 화려한 칼라의 움직임에 비해 시슬란은 마치 형체 없는 망령이 미끄러지듯 이동했다.

난간을 밟고 뒤로 도약하며 몸을 뒤집는다. 그가 거꾸로 떨어지는 낙하지점에는 커다란 타륜이 있었다.

손을 뻗어 공중에서 타륜을 잡는다.

낙하 운동이 타륜에 의해 회전 운동으로 바뀐다.

드르르륵!

타륜이 돌아가며 그의 체중을 떠받치고, 그걸 두 손으로 견고히 잡은 시슬란은 누운 채로 타륜 아래를 지나 갑판 바닥으로 죽 미끄러진다. 그 탄력을 이용해 두 다리를 펴고 온몸을 회전시킨다.

무릎과 둔부, 허리, 등, 견갑, 어깨, 상박, 하박, 손목, 마침내 손바닥까지 회전력이 가해지며 차례로 바닥을 박찬다.

다음 순간, 그는 양 손바닥으로 바닥을 밀며 몸을 솟구쳤다.

순간적인 회전 물구나무.

그의 다리가 갈고리처럼 휘어지며 바로 위에 걸쳐져 있던 밧줄을 잡아챈다.

출렁!

다음 순간, 그는 공중의 밧줄에 두 발로 서 있게 되었다.

그 후에야 앞선 벼락의 천둥소리가 울렸다.

쿠르르르릉……!

바로 직전의 벼락에서부터 천둥이 울리기까지 걸린 시간은 불과 2~3초. 그사이에 그는 모든 동작을 끝마치며 칼라의 공격을 무려 십여 차례나 피해 낸 것이다.

칼라의 눈이 경악으로 부릅떠졌다.

"제발 죽으라고!"

번쩍!

벼락이 쳤다.

절규하는 하늘!

파도가 부서지며 비명을 지르는 그 순간, 두 사람의 음영이 교차했다.

서걱!

하늘이 검게 물들었다.

쏟아지는 빗줄기가 부서진 파도를 끌어안았다.

어느새 시슬란과 칼라는 서로 등을 내보인 채 반대편으로 떨어져 있었다.

뚝…… 뚝…….

한 방울…… 두 방울…….

시슬란의 발아래로 빗줄기에 섞인 검붉은 액체가 떨어졌다. 그 색은 점점 진해졌다. 동시에 시슬란의 상체가 부르르 떨렸다.

촤학!

돌연 그의 왼쪽 어깨에서부터 오른 가슴까지가 갈라지며 뜨거운 핏물이 쏟아져 흘렀다.

"후후후. 그렇게 제가 말했지 않나요?"

핏물보다도 더욱 비릿한 웃음이 흐른다.

여유롭게 돌아선 칼라가 비에 젖은 머리칼을 귀 뒤로 쓸어 넘기며 조소했다.

"제가 말했었죠? 가장 끔찍한 죽음을 안겨 주겠노라고. 그 약속, 철저히 지켜 주도록 하죠."

그녀는 부르르 떨고 있는 시슬란을 향해 한 손을 들어 올려 겨누었다.

그때였다.

우르르릉!

뒤늦은 천둥이 몰아치며 공기를 떨리게 하였다.

동시에 막 움직이려던 칼라의 손이 딱 멈추었다.

시슬란의 입술이 나직하게 열린 것도 바로 그때였다.

"그 약속, 안타깝게도 지키지 못할 것 같군."

칼라는 소름이 돋는 것을 느꼈다.

아니, 무언가 배 속이 부글거리며 뒤섞이는 듯한 감각을 느꼈다.

뜨겁다. 차갑다.

언제부터?

그래, 방금.

천둥소리에 몸이 떨렸던 그때부터.

그런데…… 왜?

그녀가 멍하니 자신의 배를 내려다보는 순간이었다.

쩌어억—!

멀쩡하던 그녀의 배가 찢어졌다.

"킥?"

왈칵 쏟아지는 핏덩어리와 내장을 부여잡고 그녀는 가쁜 숨을 몰아쉬었다. 저절로 다리가 풀렸다. 의지와는 상관없이 그녀가 털썩, 무릎을 꿇었다.

달아올랐던 몸이 급속도로 식어 가는 것을 느끼며, 그녀는 바로 앞에 다가온 시슬란을 올려다보았다.

"쿠, 쿨룩! 큭! 어떻게?"

"궁금한가?"

"……."

이미 승부는 갈렸다.

칼라는 자신의 질문이 아무런 의미가 없는 것임을 깨달았다.

사실 간단한 거다.

약하니까 졌다.

그것밖에 없었다.

부르르!

두려움에 떨리는 그녀의 어깨 위로 시슬란의 냉랭한 음성이 떨어졌다.

"끝이다."

샤아아아!

어느새 주위에는 아지랑이처럼 그림자가 일렁이며 칼라를 포위하고 있었다.

칼라는 고개를 축 늘어뜨렸다.

"……그렇군요. 끝이네요."

그녀는 허심탄회하게 인정했다.

계략의 거미줄로 상대를 묶고, 폭발적인 순간속도를 활용해 숨통을 끊는다. 그런 그녀의 독특한 수법을 당해 낼수 있는 자는 지금까지 거의 없었다.

그런데 이번만큼은 달랐다.

그녀의 계략의 거미줄은 시슬란이라는 변수 때문에 갈가리 찢어지고 말았다.

알카즈에 수장시키려던 그녀의 계략을 무위로 돌려놓았고, 낮의 불리한 환경 또한 그녀가 예상치도 못한 방법을 통해 밤으로 바꾸어 버렸다.

그렇게 되니 그녀의 속도가 제 위력을 발휘하지 못했다.

그녀는 알았다.

이 싸움은 이미 시작되기 이전에 승패가 갈려 있었다는 것을.

"후후, 쿨룩…… 쿡! 이건, 변명의 여지가 없군요."

헐떡이며 그녀는 일어나려고 애썼다. 무릎을 꿇은 채로 최후를 맞을 수는 없다는 마지막 자존심에서였다.

그런 그녀의 심정을 이해하는 듯, 시슬란은 가만히 기다려 주었다.

"헉…… 허억……. 완전히 졌군요. 그래도 전력을 다했으니 후회는 없어요. 하지만 이건 잊지 말았으면 좋겠네요. 내가 왜 거미여왕이라 불리는지……."

그녀의 표정이 미묘하게 변했다.

시슬란은 의아했다.

그녀는 죽음의 문턱에 이르렀음에도 아직 무언가를 노리는 눈빛이었다. 이해할 수 없었다. 손가락 하나도 움직일 힘이 남아 있지 않을 텐데 무슨 수로?

그때였다.

갑판 아래쪽, 선실에서부터 찢어지는 비명이 들려왔다.

"꺄아아아악!"

그것은 분명 시슬란이 선실에 숨겨 두었던 야니카의 목

소리였다.

"무슨 짓을 벌인 거지?"

"그건, 쿨룩……! 가서 확인해 보면 되지 않을까요? 후후후, 콜록! 큭!"

시슬란은 그녀를 내버려두고 선실로 달려갔다.

당황한 선원들의 얼굴이 보였다.

"어떻게 된 거지?"

"가, 갑자기 소리를 지르며 괴로워하기 시작했습니다요."

선실로 들어가자마자 시슬란이 본 것은 고통에 찬 얼굴로 바닥을 뒹굴고 있는 야니카의 모습이었다.

"아! 아아악! 아악!"

야니카는 로젠 백작령에서도 손꼽히는 무인이었다. 거칠고 잔혹한 스카나 족도 그녀를 두려워했을 정도였다. 알카즈의 지하에서도 용기를 잃지 않고 생존했던 그녀였다.

그랬던 그녀가 지금은 고통을 참지 못해 아이처럼 흐느끼며 바닥을 구르고 있었다.

'얼마나 심한 고통이기에…….'

시슬란은 그녀를 진정시키기 위해 노력했다.

하지만 그것도 쉽지는 않았다.

원래 야니카는 완력이 센 편이다. 그런 데다 극도의 고통을 겪고 있다 보니 상상 이상의 힘으로 몸부림을 치고 있었다.

결국 시슬란은 그녀의 뒷목을 수도로 쳐서 기절시키는 수밖에 없었다. 맨정신으로 고통을 겪는 것보단 그게 차라리 나을 것이다.

"으음……."

야니카를 살펴본 시슬란이 저도 모르게 침음을 뱉었다.

그녀의 오른 팔뚝이 피에 젖어 있었다. 하지만 그녀의 피는 아니었다. 선실 천장에서부터 스며들어온 피가 야니카의 팔뚝에 떨어져 묻은 것이었다.

"설마…… 칼라의 피?"

아마도 맞으리라.

그걸 확신이라도 시켜 주듯, 피가 묻은 자리의 피부색이 급속도로 시커멓게 변해 갔다.

중독 현상이었다.

'방치하면 반드시 죽는다.'

그만큼 독의 기세가 맹렬했다.

그러나 문제는, 이곳엔 맹독을 해소할 어떤 해독약도 없다는 사실이었다. 기본적인 약재 몇 가지는 있지만 그것으로는 턱없이 부족했다. 장미의 맹약을 활용한 힐링 마법으로도 엄두를 낼 수 없을 정도였다.

해결법을 골몰하는 그 잠시 사이에도 야니카의 상태는 급속도로 나빠졌다. 독기가 퍼졌는지 얼굴빛이 보라색으로 변했다. 호흡과 심장박동이 불안정해졌다.

시간이 얼마 남지 않았다.

'길어야 3분.'

이대로 포기할 수는 없다.

그녀가 죽도록 방치할 수는 없다.

결국 시슬란은 꺼내고 싶지 않았던 카드를 꺼내 들었다.

'이판사판이다.'

그는 자신의 손가락 끝을 깨물어 상처를 냈다. 그의 손가락에서 붉은 피가 흘렀다.

야니카의 팔뚝에도 상처를 냈다. 그녀의 팔뚝에서 시커먼 피가 흘렀다.

시슬란은 상처 난 자신의 손가락을 야니카의 상처에 대고 꾹 눌렀다.

두 상처가 만나며 혈액이 섞였다.

순간 불로 지지는 듯한 통증이 손가락 끝에 느껴졌다. 야니카의 혈액에 침투한 독성이 그의 손가락에 침투하기 시작한 것이다.

그러나 그것은 말 그대로 시작에 불과했다.

시슬란은 호흡을 가다듬으며 자신의 몸에서 기운을 쭉

빼 버렸다. 그러자 지금껏 야니카를 공격하던 맹독이 시슬란에게로 쏟아져 들어오기 시작했다.

어찌 보면 당연했다.

독성도 따지고 보면 자연의 성질의 일부이다.

자연은 불균형을 용납하지 않는다.

물이 높은 곳에서 낮은 곳으로 흐르고, 밀도가 높은 공기가 낮은 공기 쪽으로 바람을 일게 한다.

독도 마찬가지다.

중독된 야니카의 몸에 비해 시슬란의 상태는 깨끗했다. 자연히 독성이 시슬란의 몸으로 흘러들었다.

마치, 컵에 담긴 맑은 물에 잉크가 퍼지는 것 같은 모습이었다.

그 자연적인 흐름에 시슬란이 인위를 보태었다.

그는 반대편 손에 쥐고 있던 장미의 맹약을 통해 자신과 야니카의 몸에 흐르는 마나의 기운에 간섭했다.

둑이 터지고, 물이 노도처럼 흐른다.

마나의 급류가 야니카의 몸으로 빠르게 침투했다.

"헉!"

그 위력은 다 죽어 가던 야니카가 눈을 부릅뜨고 입을 딱 벌렸을 정도였다. 거의 멈춰 있던 그녀의 심장이 더없이 강렬한 박자를 타며 쿵쾅쿵쾅 세차게 뛰었다.

갑자기 마나가 밀려들자 그 압력에 독성이 야니카의 몸 밖으로 밀려 나와 시슬란에게로 쏟아져 들어왔다. 시슬란은 아예 작정을 하고 야니카의 몸에 남은 독성을 모두 빨아들여 자신의 몸에 가두었다.

그제야 그가 손가락을 떼었다.

야니카의 숨소리는 어느덧 고르게 안정되어 있었다.

시도는 성공이었다.

시슬란은 어릴 때부터 루나티카 황실 비전의 방법으로 독에 대한 내성을 차근차근 길러 왔다. 그렇기에 어지간한 독은 그에게 영향을 미치기가 어려웠다.

그걸 믿고 시도했다.

자신이라면 야니카와 달리 독에 견딜 수 있을 거라 자신한 까닭이다.

하지만 시슬란은 자신도 모르게 입술을 꽉 깨물었다.

'상상 이상이군⋯⋯.'

그의 몸에 갇힌 맹독은 마치 우리에 갇힌 야수처럼 날뛰었다. 시슬란으로서도 다소 버겁게 느껴질 정도였다.

더없는 현기증과 더불어 손끝에서 경련이 일어났다.

창자가 통째로 꼬이고 끊어지는 듯한 통증이 동반되었다.

맹독이 그를 집어삼키려 하고 있었다.

순간 시슬란은 직감했다.

먹느냐, 아니면 통째로 먹히느냐.

몸속으로 들어온 맹독이 걸어오는 싸움은 그런 의미를 지니고 있었다.

그가 이를 갈았다.

'그렇다면…… 먹어 주지, 모조리 다!'

2

그때부터 조용한 전쟁이 시작되었다.

전장은 시슬란의 몸속.

시슬란과 맹독은 서로를 잡아먹기 위해 곳곳에서 쟁투를 벌였다.

츠츠츠츠.

그의 전신으로 독성을 띤 보랏빛 아지랑이가 피어올랐다.

그렇게 한 시간이 지났다.

하지만 싸움은 끝이 없었다.

'이래선 곤란해.'

그의 미간이 찡그려졌다.

이제 슬슬 한계가 다가오고 있었다.

하지만 맹독은 여전히 지치지 않고 그를 잡아먹기 위해 집요한 공세를 유지하고 있었고, 시슬란은 그 공격을 효율적으로 막아 내고 있었다.

하지만 그것이 끝이었다.

맹독이 그를 쉽게 제압할 수 없었듯, 그도 맹독을 몸 밖으로 몰아낼 수가 없었던 것이다.

즉, 싸움은 계속해서 평행선만 달리고 있었다.

영원한 무승부.

그러나 시슬란은 알았다.

'이 싸움은 무승부가 없는 싸움이다. 결국 이렇게 계속 시간이 흐른다면 지는 쪽은 내가 되겠지.'

계속 이 상태를 유지하기만 해도 시슬란은 지친다. 먹지도, 마시지도, 쉬지도 못한 그는 결국 목숨을 잃고 말 것이다.

물론 그렇게 되면 그의 몸을 삼키려던 맹독도 함께 소멸할 수밖에 없다.

하지만 일이 그렇게 된다고 해서 맹독이 잃을 것이 있겠는가? 말만 무승부지, 그건 시슬란의 패배나 다름없는 결과였다. 말 그대로 목숨을 잃는 것이니 모든 것을 잃는 것이나 다름없는 것이 아니겠는가.

그는 결단을 내렸다.

그때부터였다.

그는 자신의 내부를 느끼고 관조하기 위해 전력을 다하였다.

가장 처음 느껴지는 것은 맥동하는 심장이었다.

두근두근.

다음으로는 호흡을 담당하는 폐부.

배고픔을 호소하고 있는 위장.

독기를 몰아내기 위해 맹렬히 싸우고 있는 간과 비장, 콩팥과 그 외의 각종 장기들.

근육 한 오라기.

세세한 뼈마디.

수많은 혈관들.

그물망 같은 신경조직까지…….

그는 자신의 신체를 이루고 있는 모든 요소들을 낱낱이 파악하고 느끼기 위해 애썼다. 그리고 그 모든 것들을 하나로 뭉쳐 가상의 이미지를 만들었다.

바로 겉모습부터 신체의 내부까지 모조리 자신을 똑 닮은 또 다른 시슬란의 모습이었다.

'조심스럽게, 들키지 않게.'

샤아아아.

그의 의지에 따라 그의 몸에서 그림자가 피어났다.

미리 떠올려 놓았던 이미지가 그림자에 겹쳐졌다.

그렇게 그림자로 이루어진 가짜 시슬란이 그의 몸에 깃들었다.

'걸려라.'

시슬란은 초조함을 억누르며 그림자로 만들어진 가짜를 자신의 몸에 겹쳤다. 맹독의 입장에서 보자면 갑자기 공격 대상이 둘로 불어나 버린 셈이었다.

그러자 지금껏 공격 일변도를 유지하던 맹독이 처음으로 주춤했다.

크르르…….

맹독은 마치 맹수처럼 낮게 으르렁거렸다.

'망설이고 있군.'

그는 맹독처럼 망설이거나 하지 않았다. 곧바로 그의 의지가 움직여 그림자를 미세하게 조종했다. 의도적으로 그림자의 몇몇 장기와 기관들을 실제보다 약한 상태로 보이도록 만들었다.

일종의 유혹.

미끼를 깐 셈이었다.

처음에는 망설이던 맹독도 마침내 그의 술수에 걸려들고 말았다.

크르륵!

놈은 시슬란의 그림자를 향해 맹렬히 자신의 모든 것을 쏟아부었다. 투명한 검은색이던 시슬란의 그림자가 대번에 보랏빛으로 물들었다. 반대로 시슬란의 몸에서는 독기가 썰물처럼 빠져나가기 시작했다.

'됐다.'

하지만 시슬란은 섣부르게 안심하지 않았다.

그림자는 생명이나 사물이 아니기에 독성에 영향을 받지 않는다. 그렇기에 맹독도 오래 지나지 않아 이쪽의 속임수를 알아차릴 것이다.

시슬란의 입장에서는 함정을 더욱 깊게 팔 필요가 있었다.

'조금씩, 티 나지 않게……'

그는 그림자를 조금씩 조종하여 마치 맹독에 각 장기와 신체 조직들이 괴사하는 것처럼 만들었다.

그것은 생각했던 것보다도 훨씬 까다로운 작업이었다. 항상 힘으로 그림자를 휘두르기만 했던 그였기에 더욱 그랬다. 이토록 미세한 단위로 그림자를 조종하는 건 처음이었던 것이다.

'내 수련이 얕았다.'

그는 인정하지 않을 수 없었다.

하지만 그렇게 스스로의 부족함을 깨닫는 와중에도 최선을 다하여 그림자를 미세하게 조종했다.

크르륵!

맹독은 점점 더 깊이 그림자 속으로 침투했다.

그리고 마침내 더 이상 돌아올 수 없는 깊이까지 그림자에 빠져들고 말았다.

한마디로, 그림자를 잡아먹어 완전히 중독시킨 것이다.

캬오오오오!

전쟁에서의 승리를 확신한 맹독이 소리 높여 포효했다.

하지만 그것은 착각에 불과했다.

'지금!'

이 순간만을 기다렸던 시슬란은 그림자를 자신의 몸과 완전히 분리해 버렸다.

캬아악?

맹독이 뒤늦게 그의 속임수를 알아차렸지만 이미 때는 늦어 있었다. 강대한 마나를 포함하여 맹독의 성질 전부가 시슬란의 그림자에 갇혀 그의 신체에서 떨어져 나와 버린 탓이었다.

즉, 맹독은 그림자에 완전히 동화되어 버린 상태.

한데, 그 그림자란 시슬란의 명령을 들을 수밖에 없는 종속적인 존재.

한마디로 맹독은 졸지에 시슬란이 부리는 그림자의 일부가 되어 버린 것이었다.

동시에 시슬란이 눈을 번쩍 떴다.

"후우우……."

한참을 앉아만 있던 그가 일어나자 걱정스러운 얼굴로 구경하던 베르디스, 블랙비어드 선장 등이 한꺼번에 질문 공세를 쏟아부었다.

"야, 괜찮아?"

"괜찮습니까요?"

싱긋.

그들의 눈길이 어찌나 절박한지, 그걸 보자 시슬란은 되레 웃음이 나오고 말았다.

고맙다.

하지만 그는 다른 말을 했다.

"칼라는?"

"아직 숨이 붙어 있습니다요."

시슬란이 갑판 위로 올라오자 그때껏 죽지 않고 가쁜 숨을 몰아쉬고 있던 칼라가 환하게 웃었다.

"후, 후후후……. 그래, 어떻게 됐죠? 그년, 분명 죽었겠죠?"

"……."

고작 그걸 확인하려고 지금껏 죽지도 않았단 말인가?

그녀의 독한 마음에 소름이 끼칠 정도로 혐오감이 느껴졌다.

시슬란은 무표정한 눈길로 칼라를 마주 보았다. 그러자 의기양양하던 칼라의 표정이 조금씩 흔들렸다.

"설마?"

"그래, 그 설마가 맞다. 야니카는 죽지 않았어."

"대체…… 어떻게? 지금 날 속이고 있는 거죠?"

"내가 왜?"

시슬란이 피식 웃었다.

"못 믿겠다면 보여 주지."

그의 말이 끝나자마자 갑판에 드리워져 있던 시슬란의 그림자가 스르륵 허공으로 일어섰다.

샤아아아아.

하지만 이제 그 빛깔은 예전과 같은 칠흑이라기보다는 밤하늘에 가까운 매우 짙은 보랏빛으로 바뀌어 있었다.

물론 성질 또한 바뀌었다.

크르르르르!

그림자 속에서 희미하게 들려오는 소리는 야수의 낮고 살벌한 떨림.

칼라를 보는 시슬란의 눈길이 더없이 차분하게 가라앉았

다.

"이게 뭔지는 본인이 더 잘 알겠지?"

"어, 어떻게? 어떻게 이런⋯⋯."

칼라의 입이 더할 수 없이 크게 벌어졌다.

이건 그녀로선 상식 밖의 일이었다.

칼라가 사용한 혈액독은 그녀도 사용을 꺼리는 극히 위험한 수단이었다. 그래서 죽음이 임박해서야 사용할 결심을 굳혔을 정도였다.

그런데 설마하니 자신이 목숨을 내걸고 친 독을 이런 식으로 잡아먹어 버릴 줄은 꿈에도 몰랐다.

시슬란의 그림자에 깃든 기운, 그것은 바로 맹독이었다.

사실 맹독과의 싸움에서 시슬란이 마지막에 시도했던 수법은 거의 도박에 가까웠다.

그림자를 이용해 가짜를 만들고, 그걸로 맹독을 유혹한다. 맹독이 그림자를 집어삼키면 그때 그림자를 자신의 몸에서 분리시킨다. 그러면 맹독은 그림자에 실려 그의 몸에서 쫓겨나게 될 것이리라⋯⋯라는 것이 시슬란의 의도였다. 물론 완전한 확신은 없었지만.

어쨌건 그런 도박적인 시도는 우여곡절 끝에 성공을 맺었다.

게다가 덤으로 예상 밖의 수확까지 거두었다. 맹독의 힘이 그가 부리는 그림자에 고스란히 깃들어 버린 것이었다.

"남에게 칼을 들이대면 그 칼끝이 자신을 향해 되돌아올 수도 있다는 생각, 안 해봤나?"

"후후, 후후후! 그런 생각을 다 하면서 어떻게 살죠?"

"그런가?"

시슬란의 눈길이 더없이 차가워졌다.

"그럼 죽어야겠군."

캬르르, 샤아아아아!

맹독이 깃든 그림자가 칼라를 덮쳤다.

예전과는 다른 소리와 함께 순간적으로 강렬한 야수의 형상이 그림자에 떠올랐다.

빈사 상태였던 칼라는 별다른 저항도 못하고 그림자에 뒤덮이고 말았다.

"크! 으으으으! 으캬아아아악!"

그림자에 갇히자마자 칼라의 몸이 중독되어 시커멓게 변했다.

너무나 강한 독성.

잠시 비명을 지르며 발버둥 치던 그녀는 산 채로 녹아 버렸다. 결국 그녀가 있던 자리에는 시커먼 핏물만 한 줌 남았을 뿐이었다.

그렇게 부활의 사도 십이 사제의 일원인 거미여왕 칼라

는 고통스러운 최후를 맞이했다.

하지만 그것으로 베르디스호에 완전한 평화가 찾아온 것은 아니었다.

선원들이 사방을 가리키며 외쳤다.

"시슬란 님, 또 다른 선단이 남쪽에서 몰려오고 있습니다!"

"북쪽에서도 돛대가 보입니다."

"동쪽도……."

"서쪽도 마찬가지입니다!"

모든 방향에서 새로운 함대가 포착되었다. 모두 여기를 향해 몰려오는 중이었다.

블랙비어드 선장의 표정이 굳었다.

"설마……."

"설마가 맞겠지."

시슬란이 말했다.

"무적함대의 남은 전력이 모두 몰려오는 것 같군."

"그럼, 우리 포위된 거 아닙니까?"

선원들의 안색이 해쓱해졌다.

베르디스호의 선원들은 강화병의 습격을 받아 큰 피해를 입은 상태였다. 죽은 자들도 많았고, 살아남은 자들도 크고 작게 다친 자들이 대부분이었다. 게다가 베르디스호의 선

체도 큰 타격을 받아 수리가 끝나기 전엔 정상적인 항해를
엄두도 못 낼 상황이었다.

그런데 무적함대의 전함 수십 척에 포위된 상황이라니.

아무리 시슬란이 있고, 전설적인 전투함 베르디스호라고
해도 지금 상황은 선원들에게 절망적으로만 느껴졌다.

어느새 동서남북 모든 방향에서 총 50척의 전함이 위풍
당당하게 모습을 드러냈다. 토르의 무적함대였다.

〈순순히 항복하라. 그것만이 깨끗한 죽음을 맞이할 방법
이 될 것이다.〉

펄럭이는 깃발 속에 최후통첩이 날아왔다.

그러나 시슬란도, 베르디스도, 선장과 선원들도 저들에
게 순순히 항복할 생각 따윈 눈곱만큼도 없었다.

게다가 시슬란에겐 충돌 없이 이 상황을 벗어날 방법이
있었다.

"베르디스, 조금 힘이 들겠지만 일단 움직일 수는 있
나?"

"어? 응. 많이 느릴 거야."

"그럼 됐어."

베르디스가 천천히 움직이기 시작했다.

마스트도 모조리 부서지고, 키마저 말을 듣지 않아 평소와 달리 거의 기어가는 듯한 속도가 고작이었다.

그래도 시슬란에겐 그 정도면 충분했다.

"굳이 의미 없는 싸움을 벌일 필요는 없겠지."

시슬란이 꺼낸 것은 사막 도시 마테온에서 획득한, 마나 크리스털 반지였다.

'깨어나라, 가디언.'

그의 목소리가 마나 크리스털 내부의 공간에 울려 퍼졌다. 그가 부르는 존재는 바로 환영을 부르고 환각을 일으키던 세 번째 가디언, 사막의 매였다.

『꾸르륵, 나를 불렀나?』

곧 응답이 왔다.

사막의 매, 아시우트가 날개를 떨치는 순간이었다.

3장.

세 번째 가디언, 아시우트

1

먼 과거, 아시우트는 사막에 서식하던 사막 매 무리의 대장이었다. 어떤 매보다도 높이, 멀리, 빠르게 날 수 있었던 그는 수많은 무리를 다스리는 새들의 왕으로 군림했다. 심지어 사막에 살던 인간 부족들도 그런 아시우트를 신성한 매로 추앙하기까지 하였다.

그런 아시우트에게 시련이 닥친 것은, 그의 자만이 하늘을 찔렀을 무렵이었다.

이따금씩 몰아치는 사막의 모래 폭풍.

모래 폭풍이 불 때면 인간과 동물을 막론하고 어떤 존재도 온전할 수가 없다. 그저 폭풍이 지나갈 때까지 무사하기

를 기원하며 집이나 동굴, 은신처에 몸을 숨기는 것이 최선
이었다.

그런 모래 폭풍을 향해 아시우트가 도전장을 내밀었다.

'내 날개는 강하다. 모래 폭풍을 정면으로 뚫고 날아 보
이겠다.'

아시우트는 그렇게 외치며 폭풍 속으로 뛰어들었고, 결
국 두 날개가 부러지고 말았다. 목숨을 건진 것이 기적일
정도였다.

추락한 사막의 왕.

뜨거운 모래 위에서 헐떡이며 예정된 죽음만을 기다리던
아시우트에게 구원의 손길이 뻗어 온 것은 그저 우연이었
을까.

『우리가 널 살려 주마.』

검은 손길이 아시우트의 부러진 날개를 쓰다듬은 순간,
이때껏 경험하지 못했던 새로운 힘이 아시우트의 몸에 깃
들었다.

그렇게 아시우트는 가디언이 되어 부활의 사도의 노예로
기나긴 세월을 살아왔다.

*   *   *

"꾸르르륵!"

수백 년 만에 외치는 자유의 포효!

시슬란이 들어 올린 반지에서 아시우트의 포효와 함께 환한 빛이 쏟아져 나왔다. 그리고 그 속에서 한 마리 환영의 매가 힘차게 날개를 펼치……려다가 선수상 위로 곤두박질쳤다.

"음?"

새로운 가디언이 화려하게 비상하길 기대했던 시슬란도 당황할 정도의, 어떤 의미로는 엄청난(?) 등장!

곧 시슬란은 아시우트가 날지 못하고 추락한 이유를 깨달았다.

"이거…… 매가 맞나?"

푸드덕푸드덕!

반지 속에서 소환된 가디언 아시우트는 사막의 매라는 호칭이 무색하게도 엄청나게 뚱뚱한 몸집을 자랑했다. 어찌나 뚱뚱한지, 그냥 아예 둥근 공에 날개가 달린 게 아닐까 하는 착각이 들 정도였다.

황당해진 시슬란이 물었다.

"어째서 이런 모습이지? 전과는 너무 다르잖나."

마테온에서 샤카라의 부름을 받고 나왔을 때와는 정말로 너무나 다른 모습이었다.

아시우트가 힘겹게 푸드덕거리며 대답했다.

"그, 그때는 부활의 사도가 만들어 준 열두 개의 비석이 힘을 주고 있었는데, 그걸 네놈들이 부숴 버렸잖아! 그래서 원래 모습으로 돌아온 거라고!"

"뭐?"

그때 베르디스호가 포격으로 부숴 버린 열두 개의 표석이 바로 아시우트의 힘의 근원이었던 모양이다.

"그럼, 지금 이게 원래의 모습이라고?"

"그래. 날개가 부러지고 나서 날지 못하는 동안 하도 잘 먹었더니 그만……."

"……."

날지 못하는 하늘의 제왕.

그 이유가 비만 때문이라니!

순간 이 닭둘기, 아니 가디언을 베르디스호의 요리사에게 맡겨 훈제 구이로 만들어 버릴까 고민이 되는 시슬란이었다.

"하지만 지금은 그런 신세 한탄이나 듣고 있을 때가 아니야. 날 수 있는가, 없는가. 제 몫을 할 수 없다면 다시는 반지 밖으로 꺼내 주지 않겠다."

"뭐, 뭐라고?"

아시우트의 부리가 파르르 떨렸다.

수백 년 만에 가디언의 속박에서 벗어났나 싶었는데 이렇게 다시 반지에 영원히 갇힌다면 그냥 미쳐 버릴 것 같았다.

'안 돼, 그럴 수는 없어!'

필사적인 마음을 날개에 담았다.

퍼드덕퍼드덕!

그런 절박한 마음 덕분이었을까.

몇 번을 실패한 끝에 드디어 아시우트가 선수상을 박차고 날아올랐다.

"꾸웨에에엑!"

힘찬 포효!

무려 1미터나 날아오른 아시우트가 포효하는 것과 동시에 활짝 펼쳐진 날개에서 신비한 환각이 펼쳐져 베르디스호 전체를 감싸기 시작했다.

촤아아아!

갈라지고 튀어 오르는 파도 사이로 베르디스호의 모습이 사라진 것도 순식간의 일이었다.

"발포하…… 어? 어어?"

포격을 지휘하던 무적함대 5함대 2번함 포장 켈슨이 눈을 휘둥그레 떴다. 포격하기 좋도록 딱 옆구리를 비스듬하게 노출시키고 있던 베르디스호가, 그가 발포 명령을 내리기 바로 직전에 흔적도 없이 사라져 버린 까닭이었다.

"대체 뭐야? 어딜 간 거야?"

눈을 거칠게 비비며 켈슨이 사방을 살폈다. 하지만 베르디스호의 모습은 어디서도 보이지 않았다.

하늘로 치솟은 것도, 바다로 가라앉은 것도 아니고, 똑똑히 보는 사이에 그냥 팟, 하고 사라졌다. 자신이 유령에 홀린 게 아닌가 싶은 생각이 들 정도의 기막힌 일이었다.

그런 현상은 비단 그에게뿐만 아니라 50척으로 이루어진 5개 함대의 모두에게 똑같이 벌어졌다.

"사, 사라졌다!"

"어디로 간 거지?"

"크윽, 일단 발포! 발포하라!"

"포위망을 벗어났을 리가 없다. 눈속임일 뿐이다! 쏴라!"

몇몇 함선에서 포문을 열었지만 대포알은 애꿎은 바다를 때리고 물기둥만 만들었을 뿐이었다.

끼룩, 끼루룩.

앞선 전투로 떠오른 시체에 물고기 떼가 모이고, 그걸 잡으려고 몰려든 갈매기 떼가 내뱉는 시끄러운 소리만이 사방에 가득했다.

말도 안 되는 방식으로 베르디스호를 놓쳐 버린 것이다.

"이런…… 빌어먹을!"

분을 이기지 못한 몇몇 장교들이 죄 없는 갈매기 떼를 향해 욕설을 내뱉는 그사이, 완전히 사라진 것처럼 보였던 베르디스호는 사실 그 함선의 바로 옆을 지나쳐 포위망을 빠져나가고 있었다.

*　　　*　　　*

"으아! 아아악! 헥헥! 더…… 더 이상은 못 날겠다! 끄륵!"

장장 20분 동안 고도 1미터를 유지하며 날던 아시우트가 마침내 탈진하여 선수상 위에 널브러졌다. 동시에 녀석의 날개에서 뿜어져 나오던 현혹의 힘이 풀려 베르디스호의 모습이 드러났다.

그사이 무적함대의 모습은 이미 저 멀리 뒤쪽에 있었다.

"하지만 충분하지는 않아."

바람을 다루는 마법사들 덕분에 무적함대는 언제라도 최고 속도를 유지할 수 있다. 반면, 베르디스호는 지금 제대로 된 속도를 낼 수 없는 처지였다. 때문에 붉은 안개로도 변신할 수 없는 상황.

그사이 모습을 드러낸 베르디스호를 포착했는지 무적함대가 일제히 뱃머리를 이쪽으로 돌리는 모습이 보였다.

시슬란이 한심하다는 눈초리로 아시우트를 바라보았다.

"혹시 그대의 능력, 날아야만 발휘되는 것인가?"

"헥헥! 마, 맞는데, 왜?"

"그럼 살을 빼도록. 필요할 때 날지 못하고 사용하지 못하는 능력이라면 아무런 도움도 되지 않겠지. 만약 살을 빼지 못한다면 정말로 반지에 가둬 버리거나 베르디스호의 요리사에게 맡겨 버릴 거다."

"끄웨에엑! 안 돼!"

반지에 가둬 버린다는 말이야말로 아시우트에게는 사형선고나 다름없는 일이었다.

"그 말투도 고치고."

"으…… 알았다."

날개를 축 늘어뜨린 아시우트가 반지 속으로 사라졌다. 방금 지적을 받았는데도 말투를 못 고치는 걸 보니, 확실히 새 머리라 한계가 있는 듯싶었다.

하지만 어쨌건 아시우트의 활약 덕분에 무적함대는 저 멀리 뒤처지고 말았다. 조금 전에 이쪽의 위치를 깨닫고는 허겁지겁 뱃머리를 돌렸지만 이미 많이 늦었을 것이다.

무적함대의 모습이 수평선 너머로 완전히 사라진 것을 확인하고 난 후, 시슬란은 뒤틀렸던 하늘의 시간을 되돌렸다.

"이놈들아, 서둘러! 빨리빨리!"

선장의 호령 아래 살아남은 선원들이 부상자를 수습했다.

강화병에게 희생되어 목숨을 잃은 동료들이 많았다.

블랙비어드 선장의 고집에 따라 장례는 철저하게 해적들의 방식으로 치러졌다.

"바다에서 태어나 속이고 빼앗고 죽이던 형제들이 다시 바다로 돌아간다. 오늘 떠나는 형제들이여, 바다의 신을 향해 당당하게 깃발을 올리길. 오늘 살아남은 형제들이여, 잔을 높이 들고 즐기자! 건배!"

"건배!"

시신을 모조리 수장하고 난 뒤엔 갑판에서 먹고 마시고 떠들었다. 그 어떤 경건함도, 엄숙함도 없었지만 시슬란은 느낄 수 있었다. 선장과 살아남은 선원들이 진정으로 슬퍼하고 있다는 사실을.

『그럼 넌?』

메인마스트 위에 앉아 노을을 보던 시슬란의 귓가에 베르디스의 목소리가 들려왔다.

시슬란이 고개를 갸웃거렸다.

"모르겠군."

오늘 죽은 선원들은 대부분 시슬란도 잘 알고 있는 얼굴들이었다. 당연했다. 망각의 섬에서 그가 구출하여 갈 데 없던 이들을 선원으로 받아들였으니까.

그렇다고 딱히 그들과 깊은 정이 든 것은 아니었다. 어디까지나 고용인과 피고용인의 관계일 뿐이었다.

그렇기에 감상에 빠지기보다는, 오늘 얻은 새로운 힘에 대해 한 번이라도 더 생각하고자 일부러 술판을 피해 높은 곳으로 올라온 것이었다.

낮을 밤으로 바꾸는 능력.

물론 대가도 있었다.

그렇게 만든 인위적인 밤은 시슬란이 발휘하는 그림자의 힘을 절반까지만 허용했다.

그래도 없는 것보다는 훨씬 유용한 능력이었다.

그리고 시슬란은 오늘 알카즈의 지하에서 본 영상을 떠올렸다.

마신이라 불린 남자, 크라갈.

그를 막았던 샨 대제.

루나티카의 탄생.

그리고 부활의 사도.

'여기도 이상한 점이 있어.'

그가 아는 바로는, 샨 대제로부터 지금까지 루나티카의 역사는 6천 년 정도였다. 그런데 영상을 통해 본, 샨 대제가 솔라리스에 있었던 시기는 지금으로부터 불과 500년 전이었다.

'혹시 루나티카와 솔라리스…… 시간의 축이 다른 걸까?'

그것도 충분히 가능한 이야기였다.

그 뒤로도 시슬란은 여러 가지 가능성을 유추하며 시간을 보냈다.

그러나 그것도 쉬운 일은 아니었다.

무엇보다도, 오늘 죽은 선원들의 이름과 얼굴이 자꾸만 차례차례 떠올라 집중이 잘되지 않았다. 결국, 그는 부활의 사도에 대해 생각하기를 멈추고 말았다.

"역시, 쉽진 않아."

머리가 복잡할 때는 술만 한 것이 없다.

기분이 울적할 때도 그렇다.

산 사람에게도, 죽은 사람에게도.

피처럼 붉은 노을을 향해 술잔을 들어 올렸다.

전사한 선원들을 수장한 방향이었다.

"건배."

단숨에 들이켰다. 속이 쓰렸다.

그리고 이튿날, 토르 왕국의 수도 토르카에서는 베르디스호와 너무나 대조되는 성대한 국상이 치러졌다.

선왕비의 장례식이었다.

2

부슬비가 내린다.

피어오른 습기가 머리칼에 엉겨 끈적일 법도 하련만, 시슬란의 머리칼은 이런 날씨에도 불구하고 여전히 생생한 탄력을 유지하고 있었다.

그는 옷이 몸에 달라붙게 만드는 짜증 나는 습기 따위보다는 종탑 아래쪽의 광경에 흥미를 보이고 있었다.

"화려하군."

종탑 아래에서는 선왕비의 국상이 치러지고 있었다.

공식적인 사인은 역도들의 습격에 의한 암살이었다.

희생된 1함대의 제독과 장교, 수병들도 선왕비를 지키기 위해 역도들과 맞서다가 장렬히 산화한 것으로 알려졌다.

당시 하늘의 시간이 갑자기 획획 바뀌는 기이한 현상이 토르카에도 일어났었는데, 그것은 하늘이 선왕비의 죽음을 애도하여 그런 것이라 왕실은 해명했다.

'웃긴 일이지.'

시슬란은 조소했다.

실제로 수병들을 학살한 이는 다름 아닌 선왕비, 거미여왕 칼라였다.

그런데 희생당한 수병들과 그들을 죽인 살인자 칼라의 장례를 함께 치른다. 이른바 피살자와 살인자가 함께 영웅으로 대접받는 상황이었다.

'아마 저들도 내막을 알았을 거야.'

토르 왕실의 사람들도 바보가 아니다. 분명히 사건을 조사하다가 칼라가 가짜였다는 사실을 알아냈을 것이다. 하지만 그들은 그 사실을 은폐하기 위해 진실을 묵살했다.

왕실의 권위와 명예를 지키기 위함이었다.

'진정한 권위와 명예는 그렇게 쌓아 가는 것이 아니거늘.'

시슬란은 속으로 혀를 차며 기다란 장례 행렬을 주시했다. 그리고 그중의 선두에서, 자신이 찾던 두 사람을 찾아냈다.

"흑흑……. 어마마마…… 엄마아……."

7살짜리 어린 국왕과 그를 호위하는 근위 기사 타일러가 보였다.

"……."

시슬란은 그들의 모습을 유심히 보다가 종탑 위에서 모습을 감추었다.

그날 밤, 그는 어린 국왕의 침실에 모습을 드러냈다.

*   *   *

"……누구냐?"

근위 기사 타일러는 잔뜩 긴장하며 몸을 움츠렸다.

순간 그는 고민했다.

'검을 뽑을까?'

검 손잡이는 이미 잡고 있었다.

하지만 그는 검을 뽑기 직전에 망설였다.

뽑았다간 죽는다.

그런 느낌이 강하게 들었기 때문이다.

타일러는 검 손잡이에 손을 얹은 채 뒤로 한 발짝 물러나며 상대를 노려보았다. 상대는 어둠 속에 가려 얼굴이 제대로 보이지 않았다.

하지만 실력 하나만큼은 확실했다.

얼마 전 역도들이 국왕을 습격하고 선왕비를 암살한 사건 이후로 왕실의 경비는 대폭 강화되어 있었다. 원래 밤에 국왕의 침실 앞을 지키던 근위 기사도 2명에서 지금은 타일러를 포함해 20명으로 늘어나 있었다.

그런데 눈앞의 상대는 타일러를 제외한 19명의 근위 기사를 눈 깜짝할 사이에 잠재워 버렸다. 아무런 상처도 입히지 않고서.

"누구냐고 물었다."

타일러가 낮게 다그쳤다.

비로소 상대가 커튼에 가린 달그림자 밖으로 한 걸음 걸어 나왔다.

시슬란이었다.

"당신은……."

타일러도 그를 기억하고 있었다.

기억 못할 리 없다.

역도들의 습격 때 시슬란의 도움이 아니었다면 아마 어린 국왕도 카나스의 뿌리에 취해 그대로 죽었을 것이다. 시슬란이 정확한 진단을 내려 준 덕분에 연금술사들의 치료로 국왕은 간신히 깨어나 목숨을 건질 수 있었다.

하지만 그 공로와 지금 상황은 별개의 문제.

이런 밤중에 국왕의 침실로 찾아와 근위 기사들을 기절시킨 건 또 다른 문제였다.

타일러는 전혀 긴장의 끈을 놓지 않았다.

"무슨 일로 여길 찾아왔소?"

"말할 것이 있어서 왔다."

"그쪽은 말할 것이 있으면 사람을 기절시키오?"

"오직 그대만 들었으면 하는 말이라서."

타일러는 침묵을 지켰다.

그렇게 뜨거운 눈길로 시슬란을 노려보길 한참.

"그래, 무슨 말이기에 나만 들어야 한다는 것이오?"

"진실에 관한 이야기다."

시슬란은 담담한 어조로 이야기를 시작했다.

선왕비와 자신 사이에 있었던 거래, 그녀의 부탁을 들어 주었던 일, 알카즈 지하 감옥, 그리고 선왕비의 진정한 정체, 그녀의 죽음 뒤로 토르 왕실과 군부 상위층이 취했던 조치까지…….

그동안 타일러는 아무런 대꾸 없이 시슬란의 이야기를 들었다. 그가 억눌린 목소리로 운을 뗀 것은 시슬란의 이야기가 끝나고도 한참이 지난 후였다.

"……그래서, 내게 그 이야기를 믿으라는 거요?"

"아니, 강요는 하지 않는다. 그저 누군가 진실을 알아야 할 사람이 하나쯤은 필요하다고 생각했을 뿐이다."

"……."

타일러는 말문을 닫았다.

사실 그도 군부나 왕실의 분위기가 이상하다는 것쯤은 눈치채고 있었다. 하지만 알아서 될 일이 있고 안 될 일이 있다. 그는 순수한 무인일 뿐이고, 왕실을 지키는 한 자루

검일 뿐이었다. 그는 자신의 분수를 아는 사나이었다. 그런 비밀스러운 영역은 자신이 알아야 할 영역의 밖이라 생각해 왔다.

그런데 지금, 시슬란의 방문으로 인해 그 생각이 깨지고 말았다.

그는 시슬란을 노려보다가 결국 포기하고 말았다. 상대의 이야기가 거짓이 아님을 직감한 까닭이었다.

시슬란이 말했다.

"그리고 그대 말고도 이 이야기를 알아야 할 사람이 하나 더 있긴 하지."

"그, 그건 안 되오!"

타일러가 저도 모르게 낮게 외쳤다.

시슬란이 말하는 또 한 사람, 그게 어린 국왕을 지칭하는 것임을 금방 깨달은 탓이었다.

"그분은…… 아직 어리오. 충격을 감당하지 못하실 거요."

"나도 안다."

"그럼 대체 왜?"

"토르의 옥좌에 앉을 자가 허수아비가 되지 않기를, 그래서 영문도 모르는 백성들이 허수아비 국왕의 통치 때문에 불행해지지 않기를 바라기 때문이다."

"……감히!"

국왕에게 대놓고 허수아비라 말한다.

하지만 타일러는 부정할 수 없었다. 자신을 정면으로 바라보는 시슬란의 눈빛 앞에서는 더더욱.

"나를 막을 텐가?"

"……."

타일러는 검 손잡이에서 손을 떼고 복도 한쪽으로 물러나며 말했다.

"딱 3분만 주겠소. 그 전에 이야기를 끝내시오. 안 그러면 근위대 전체를 동원하여……."

말을 하다 말고 그는 입을 닫았다. 이런 말이 무슨 의미가 있을까 싶은 생각에서였다.

시슬란은 이미 그의 말을 듣지도 않고 국왕의 침실로 들어가고 있었다.

"하아……."

복도 천장을 올려다보자니 절로 한숨이 흘러나왔다.

문득 복도 천장에 자신의 집 대들보가 겹쳐 보였다. 무의식중에 그는 자신의 목둘레를 따라 생긴 쓸린 상처 자국을 쓰다듬었다.

사실 선왕비의 피살 소식을 들은 직후, 그는 대들보에 목을 매어 자결하려다 하인에게 발견되어 목숨을 건졌다.

그 일을 생각하자 뒤늦은 소름이 돋았다.

그때 만일 하인이 자신을 발견하지 못했다면?

근위 기사의 책임을 다하고자 죽는 데에 성공했더라면?

……이런 진실은 결코 몰랐을 것이다.

자신이 엉뚱한 가짜의 죽음에 책임을 지고 자살을 실행했다는 진실을.

생각하니 아찔했다.

집에 가면 자신을 발견했던 그 하인에게 두둑한 포상이라도 내려야겠다고 그는 생각했다.

3

"……어마……마마?"

7살의 어린 국왕, 라일레안은 잠이 덜 깬 얼굴로 눈을 비볐다.

처음엔 쉬가 마려워서 깬 줄 알았다.

그런데 가만히 보니 쉬가 마렵진 않았다.

자신을 깨운 존재는 따로 있었다.

쏟아져 내리는 달빛 속, 침대에 걸터앉아 있는 여자.

바로 라일레안이 그토록 만나고 싶어 했던 엄마, 선왕비였다.

"어, 엄마? 엄마?"

엄마는 죽었다.

아직 어리지만 죽는다는 게 어떤 의미인지 아주 대강은 안다. 죽는다는 건, 이제 움직이지 않고 이야기를 못 한다는 의미다. 영영 보지 못한다는 의미다.

그런데 엄마는 멀쩡한 모습으로 자신을 찾아와 인자한 미소를 짓고 있었다.

"진짜 엄마야?"

믿을 수 없는 현실에 어린 국왕은 7살짜리 꼬마로 돌아갔다. 자리에서 벌떡 일어나 어미의 품에 쪼르르 안겼다.

"엄마……, 엄마…….."

아이는 너무나 그리웠던 어미의 품에 얼굴을 묻고 울었다.

체온, 감촉, 체취.

모든 게 정말로 엄마의 것이었다.

등을 토닥이는 부드러운 손길도 똑같았다.

두 모자는 한참을 말없이 그렇게 서로를 느꼈다.

그렇게 얼마나 있었을까.

달빛이 기울고 별빛이 사라졌다.

동이 터오며 선왕비의 모습이 흐릿해졌다.

선왕비가 안타까운 얼굴로 어린 아들을 향해 당부했다.

―라일레안?

"우웅?"

―이제 엄마는 떠날 거야.

"응? 어디로?"

―아주 먼 곳으로.

표정과 눈빛을 통해 아이는 직감했다.

이제 엄마가 떠나면 다시는 돌아오지 않을 것임을.

갑자기 흐릿해지는 어미의 모습에 아이가 당황했다.

"어, 엄마…… 엄마, 어디 가? 가지 마, 가지 마요!"

―이젠 혼자서 정말로 강하게 자라야 한단다. 잘할 수 있지?

선왕비의 표정이 엄해졌다.

―이 어미는 이제 떠나가지만 넌 약해선 안 돼. 넌 왕이란다. 모든 이들이 우러르고 따르는……. 하지만 그만큼 커다란 책임이 네 어깨 위에 있음을 잊지 말거라.

"어, 엄마아…… 가지 마아……."

아이가 닭똥 같은 눈물을 흘렸다.

선왕비도 아이를 안으며 눈을 꼭 감았다.

해가 떠올랐다.

선왕비의 모습도 신기루처럼 사라졌다.

어린 국왕은 홀로 남겨졌다.

"어…… 엄마? 엄마?"

지독한 상실감에 아이가 온몸을 떨었다.

하지만 이제 아이는 울지 않았다. 작은 입술을 앙다물어 억지로 울음을 참았다. 약해선 안 된다는, 왕이라는, 그만 큼의 책임을 지고 있다는 선왕비의 말이 계속해서 가슴에 남았다.

아직 너무 어려서 그게 무슨 뜻인지 제대로 이해는 못 하고 있었지만, 이제 더 이상 어린아이처럼 떼를 써선 안 되다는 의미라는 것쯤은 알았다.

그래도 가슴이 아픈 건 어쩔 수 없다.

"엄마……."

침대에 웅크린 어린 국왕은 울음을 참기 위해 이불 속에 얼굴을 묻었다. 두꺼운 이불 사이로 끅끅거리는 흐느낌이 조금씩 울렸다.

그 모습을 본 시슬란은 침실 옆 발코니에서 작게 한숨을 쉬었다.

칼라와 똑같이 생긴 허상은 점점 그림자로 변하더니 허공으로 흩어졌다.

그림자.

방금 어린 국왕을 방문한 선왕비의 실체였다.

모두가 시슬란이 꾸민 연극이었던 것이다.

물론 이번에 시슬란이 사용한 그림자는 맹독을 품지 않은, 보통의 그림자였다.

칼라의 맹독을 처리한 이후, 그가 사용하는 그림자는 두 종류로 나뉘게 되었다.

하나는 예전부터 사용하던 그림자였고, 나머지 하나는 맹독을 품은 그림자였다.

맹독은 사나웠다.

그걸 품은 그림자를 사용할 때는, 마치 난폭한 야성을 지닌 맹수를 가까스로 조종하는 듯한 느낌을 받곤 했다.

굳이 비유를 하자면 녹슨 쇠사슬에 묶인, 그래서 간신히 말을 듣는 아슬아슬한 야수다. 자칫 쇠사슬이 헐거워지거나 끊어지기라도 하면 자신을 통제하던 주인마저도 물어뜯을, 그런 야수였다.

그래서 시슬란은 맹독을 품은 그림자를 구분하기 위해 특별히 '베놈(Venom)'이라는 이름을 붙여 두었다.

한번 이름을 부르기 시작하자 베놈은 정말로 자아를 갖춘 듯 반응하기 시작했다. 물론 인간처럼 고도의 지능이 발달한 것은 아니었다.

때때로 시슬란은 베놈이 자신을 관찰하는 듯한 느낌을 받았다.

아마 그 느낌은 맞을 것이다. 정확히 말하자면, 베놈은 시슬란의 약점을 관찰하고 있었다. 언제든 그림자의 구속을 벗어젖히고 자유를 되찾기 위하여.

하지만 그걸 호락호락 허락할 시슬란이 아니었다.

덕분에 아직까진 베놈의 태도가 그럭저럭 고분고분했다.

"후우……."

그는 재차 긴 한숨을 내쉬었다. 시간만 허락한다면 어린 국왕을 더 달래 주고 싶었다. 하지만 해는 어김없이 떠오르고 있었고, 아이는 홀로 일어설 때가 되었다.

그는 흐느끼고 있는 아이 몰래 침실 밖으로 나왔다.

밖에선 근위 기사 타일러가 눈시울이 벌게진 채로 서 있었다. 안에서 무슨 일이 있었는지 모두 들은 모양이었다.

"……고맙소."

그가 진심으로 고개 숙였다.

"덕분에 국왕 폐하께서는 이제 올바른 길을 가실 수 있을 것 같소이다. 내 이 고마움을 어떻게 갚아야 할……."

그는 말을 멈추고 고개를 들었다.

어느새 시슬란의 모습은 사라져 있었다.

대꾸도 안 하고 그냥 가 버린 것이다.

"하아……."

절로 한숨이 나왔다.

기분이 복잡했다.

'안으로 들어가서 폐하를 달랠까?'

잠시 고민했지만 그만두었다.

대신 그는 아직도 복도에 널브러져 있는 수하들을 툭툭 쳐서 깨웠다.

"어…… 어어……?"

막 깨어난 수하들은 처음엔 얼빠진 표정을 짓다가 자신이 어떤 상태였는지를 깨닫고는 사색이 되었다.

얼마 전, 역도들이 왕궁을 뒤집어 놓은 판국이다.

그래서 경계를 강화시키고 있는 와중인데 복도에 쓰러져 아침이 밝도록 잠이나 잤다.

그게 기절이든 아니든 상관없었다.

근위 기사로서 절대로 해선 안 되는 짓을 한 것이었다.

그들을 보는 타일러의 눈빛이 살벌해졌다.

"네놈들이 어떤 짓을 저질렀는지 잘 알겠지?"

"대, 대장님……."

잠에서 깨어난 그들은 타일러의 눈치를 보며 식은땀만 흘렸다.

타일러의 눈빛이 한층 엄해졌다.

"아침 조와 교대 직후에 전투 무장을 하고 연무장에 집합하도록. 오늘 하루는 특별히 내가 직접 네놈들의 나태한 정신을 담금질하여 강철처럼 단련시켜 주겠다."

"으……. 알겠습니다……."

기사들이 죽을상을 지었다.

전투 무장이란 실제 전쟁터에 나갈 때 착용하는 풀 플레이트 갑옷과 각종 무구를 모두 착용한 상태를 말한다. 그 상태로 온종일 뙤약볕 아래에서 굴리겠다는 뜻이었다.

소리 없이 탄식을 내뱉는 수하들을 향해 타일러가 도끼눈을 부릅떴다.

"왜, 불만인가? 그럼 규정대로 정식으로 이 사안을 상부에 보고하여 군법회의를 열고 처벌하여야 할까?"

"아, 아닙니다!"

"그럼 어서 준비하도록."

"예, 옛!"

수하들이 눈을 질끈 감으며 대답했다.

그 모습에 타일러는 흡족한 웃음을 몰래 지었다.

이제 어린 국왕 라일레안은 더 이상 예전의 떼쟁이가 아니게 될 것이다. 진정한 국왕으로 거듭날 마음의 준비가 되었기 때문이다.

그런 국왕 앞에 놓일 시련은 많을 것이었다.

어리다는 이유로 늙고 교활한 신하들과 영주들은 시시콜콜 국왕의 권위에 도전하고, 보이지 않는 곳에서 갖은 술수를 부릴 것이다.

진정한 국왕에게 닥칠 세파를 이겨 내기 위해서는 자신도, 수하들도 강해져야 한다.

교대 조에게 경계 근무를 인계한 뒤 타일러도 직접 전투 무장을 하고 연무장으로 나섰다.

이미 전투 무장을 갖춘 수하들이 서성이고 있었다.

저들을 강하게 만들자. 그리고 나도 강해지자.

국왕 폐하를 위하여.

그가 우렁차게 외쳤다.

"구보부터 시작한다! 모두 정렬!"

4장.

아리안의 고군분투

1

왕궁에서 일을 마친 시슬란은 베르디스호로 돌아왔다.

"일은 잘 해결되셨습니까?"

블랙비어드 선장이 누구보다 먼저 시슬란을 반겼고, 이어서 베르디스와 선원들이 그를 환영했다.

"야니카가 깨어났습니다. 어서 만나 보시죠."

선장이 누가 먼저 말할까 잽싸게 희소식을 알리며 앞장섰다.

지난번에 구출된 이후 야니카는 계속 휴식을 취했다. 하지만 워낙 탈진이 심하고 상태가 좋지 못한 탓에 며칠간 의식을 차리지 못했다.

베르디스호의 이발사 겸 의사는 걱정하지 말라며, 며칠 안으로 정신을 차릴 거라고 했지만 그래도 걱정이 안 될 리 없었다.

시슬란은 은근히 그녀의 상태에 신경을 쓰고 있던 참이었다. 그러던 차에 이제 그녀가 깨어났다니, 이보다 좋을 수는 없었다.

시슬란은 당장 야니카가 있는 선실로 내려갔다.

"그쪽이…… 날 알카즈 바깥으로 데려온 거야?"

야니카는 베르디스호의 선실을 둘러보고는 그녀답지 않게 눈시울이 붉어졌다.

"젠장, 다신 거기서 못 빠져나올 줄 알았는데……."

평소 강인한 것처럼 보이긴 했어도 그녀 역시 사람이었다. 탈출구가 보이지 않는 아귀 소굴에서 평생을 갇혀 지낼 것을 각오하고 있다 생각지 못하게 빠져나오게 되었으니, 절로 감회 어린 눈물이 나왔다.

게다가 그녀는 자신이 칼라의 맹독에 중독되었을 때 시슬란이 해 준 치료를 무의식적으로나마 기억하고 있었고, 나중에 선원들을 통해서도 들었다.

시슬란을 보는 야니카의 눈길에 고마움 이상의 감정이 담겼다.

그녀에게 더 푹 쉬라고 말한 시슬란은 갑판으로 올라왔

다.

"선장, 준비는 됐겠지?"

"흐흐, 당연한 것 아닙니까. 제가 누굽니까?"

블랙비어드 선장이 가슴을 탕탕 쳤다. 매사에 빠름을 추구하는 그답게 이미 베르디스호의 수리를 완전히 마쳐 놓은 상태였다.

출발 준비가 다 되어 있는 것이다.

쏴아아아!

베르디스호가 힘차게 물살을 갈랐다.

"전속 항진!"

곧 베르디스호는 전속으로 해역을 가로질렀고, 붉은 석양보다도 더욱 붉은 안개로 변하였다.

붉은 안개는 로젠 백작가의 피신처가 있는 남부로 뱃머리를 돌렸다.

*　　　*　　　*

남부 바다에 도착한 시슬란은 야니카와 함께 육지에 상륙했다.

"엄청나게 덥군."

그것이 남부에 대한 시슬란의 짤막한 첫 감상이었다.

야니카가 시슬란의 위아래를 슥 훑어보았다.

"그게 다야?"

"음, 달리 다른 말이 더 필요한가?"

"아니, 그런 거 말고."

그녀가 시슬란과 자신의 옷차림을 비교했다.

"더우면 나처럼 좀 벗든가."

"……."

남부의 무더위를 의식한 무장해제!

야니카는 가슴 부위를 동여맨 천을 제외한 상의를 아예 벗어 버려 잘 익은 구릿빛 피부가 훤히 드러나 있었다. 그러고도 더운지 연신 땀을 흘렸다.

반면 시슬란은 입으로는 덥다고 말하면서도 평소의 복장을 그대로 유지하고 있었다.

정복!

보는 사람이 더욱 덥게 느껴지는 정복!

거기에 무릎까지 오는 부츠와 하얀 장갑, 상의로는 베스트를 갖춰 입었고, 심지어 그 위에는 특유의 은빛 쥐스토코르 코트까지 걸쳤다!

그럼에도 땀 한 방울 흘리지 않고 있는 시슬란을 향해 야니카가 혀를 내둘렀다.

"정말 더운 게 맞아?"

끄덕끄덕.

"거짓말 아냐? 땀도 안 흘리는데? 보는 내가 현기증이 날 것 같아."

제발 벗어 달라고(?) 말하고 싶은 그녀였지만 차마 그 말만은 할 수가 없었다.

"대체 그렇게 입고도 땀 한 방울 안 흘리는 비결이 뭐야?"

"나도 땀은 흘린다."

"어디? 안 보이는데?"

시슬란이 보란 듯이 야니카의 손을 잡았다.

"됐나?"

"……."

화끈!

야니카의 얼굴이 빨갛게 익어 버린 것은 단순히 더위 때문이었을까.

수풀을 헤치며 먼저 척척 걸어가는 시슬란의 뒷모습을 향해 그녀가 속으로 외쳤다.

'강아지 발바닥에도 그것보단 땀 많이 나겠다!'

*   *   *

두 사람은 반나절 정도를 더 이동해 내륙으로 들어갔다.

그렇게 도착한 곳은 남부 대수림의 가장 외곽 부분이었다. 위험한 마수는 출몰하지 않지만 맹수들이 들끓는 곳이라 어지간한 사냥꾼들도 접근을 꺼리는 구역이었기에 비밀리에 몸을 숨길 장소로 적합했다.

로젠 백작가의 피신용 거처는 숲의 동굴에 마련되어 있었다.

그런데 그곳은 무슨 일인지 무척 어수선했다. 조용히 입구를 지키고 있어야 할 기사들이 우왕좌왕하며 동굴 주변을 수색하고 있었던 것이다.

그들은 시슬란을 발견하고 처음엔 경계 태세를 취했다가 곧 굳은 표정을 풀었다.

"설마, 시슬란 님이십니까?"

로젠 백작가의 기사 중에 시슬란을 모르는 사람은 거의 없었다.

곧이어 야니카의 모습까지 확인한 그들은 완전히 경계를 풀었다. 그러나 그들의 얼굴에 서린 불안한 표정은 끝까지 누그러지지 않았다.

야니카가 혀를 찼다.

"왜, 무슨 일이냐? 네놈들 대장이 이렇게 살아서 돌아오니까 그리도 슬프냐? 엉?"

"아니, 그게 아니라…… 큰일이 났습니다."

"뭐? 무슨 일인데?"

"그게……."

기사들은 얼른 대답을 못하고 우물쭈물거렸다. 그러다가 결국 야니카가 눈을 사납게 부라리고서야 선임 기사가 마지못해 입을 열었다.

"그게…… 바로 여기 근처에 약초를 캐러 나가신 여백님과 아리안 님이 아직 돌아오질 않고 계십니다."

"언제 나가셨는데?"

"……어제 정오에 나가셨습니다."

"뭐!"

야니카의 얼굴이 사색이 되었다.

지금은 이미 저녁에 가까운 시간이다.

그 말은 곧, 카탈리나와 아리안이 만 하루 이상을 돌아오지 않고 있다는 뜻이 아닌가!

이곳은 마수는 출몰하지 않지만 위험한 맹수들이 득시글거리는 곳이었다.

그래도 수준 높은 마법사인 카탈리나에게 그런 어지간한 맹수들은 위협이 될 수 없었다.

그런데도 하루가 넘도록 소식이 없다니?

"수색은?"

"일단 여길 지킬 최소 인원만 빼고 다 내보냈습……
큭!"

야니카의 주먹에 맞은 선임 기사가 코를 싸쥐고 넘어졌다. 그럼에도 야니카는 분을 풀지 못했다.

아직까지 소식이 없다는 건, 분명 무슨 일이 생긴 것일 터였다. 그녀는 안가를 지키던 몇 명의 기사들까지 모조리 밖으로 내보냈다. 지금은 안가의 안전이나 보안이 중요한 게 아니라는 판단에서였다.

시슬란도 움직였다.

"나도 나서야겠군."

마침 시간은 저녁, 밤이 다가오고 있었다.

시슬란에게 지배된 주변의 그림자들이 일렁이기 시작했다. 그리고 숲의 수많은 야생동물들이 그의 부름에 응하여 잠에서 깨어났다.

샤아아아.

달그림자가 춤을 추고, 대수림의 광활한 범위가 시슬란에 의해 탐색되어 갔다. 그리고 마침내 시슬란은 카탈리나와 아리안의 위치를 찾아냈다.

"저렇게 깊은 곳까지 갔단 말인가?"

놀랍게도 카탈리나와 아리안은 이곳에서 수 킬로미터는 떨어진 대수림의 깊은 영역까지 들어가 있었다. 그것도 불과 하루 만에.

보통 노련한 탐험가가 우거진 정글 속에서 50미터를 전진하는 데만도 한 시간가량이 소모됨을 생각하자면 엄청난 이동 거리였다.

그러나 거리가 중요한 것이 아니었다.

문제는 그들이 지금 무척 다급한 위험에 처해 있는 것 같다는 사실이었다.

샤아아아!

시슬란의 모습이 순식간에 사라졌다.

대수림의 수해 위로 떠오르는 둥근 달 속에 그의 실루엣이 깃들었다.

2

철퍽!

"헉! 허억!"

진창에 넘어진 아리안은 가쁜 숨을 몰아쉬었다.

그의 온몸은 이미 만신창이었다. 자잘한 상처가 수도 없이 새겨져 있었다.

아리안은 후들거리는 무릎을 팔로 받치며 억지로 일어섰

다. 그의 팔다리는 과거 급류에 휘말려 사지가 부러진 이후로 아직 성하지 못했다.

그런데 지금 그의 모습은 달랐다. 그는 루나티카에서 시슬란을 구하기 위해 만신창이가 되기 이전의 모습으로 완벽히 돌아가 있었다.

대체 그에게 어떤 일이 벌어진 것일까.

그리고 그런 그의 앞에는…….

쒸이이이익!

엄청난 덩치를 자랑하는 마수가 버티고 있었다.

그러나 아리안은 물러서지 않았다. 오히려 마수를 향해 두 주먹을 들어 보이며 응전의 뜻을 확실히 표현했다.

그가 물러나지 않는 이유는 단 하나였다.

그는 자신의 등 뒤에 쓰러져 정신을 잃은 여인을 향해 피를 토하듯 외쳤다.

"카탈리나 님! 어서 정신을 차리십시오!"

그 순간, 마수가 그를 향해 달려들었다.

동시에 아리안은 하루 전에 있었던 일을 떠올렸다.

*　　*　　*

"이곳이 그 약초가 많다는 곳이에요."

카탈리나는 모처럼 기쁨에 겨운 모습이었다.

사실 그녀는 요즘 내내 독기 어린 모습으로 지냈다.

당연했다.

로젠 백작가가 무너지고, 야니카는 그녀를 대신하여 수도로 압송된 상황이었다. 아무리 긍정적으로 마음을 먹으려 해도 자꾸만 비참한 심정이 드는 것은 어쩔 수 없는 일이었다.

그랬기에 그녀는 오히려 마음을 독하게 먹었다.

아직껏 곁을 지키는 기사들, 그리고 아리안……

그들을 향한 그녀의 책임감이 그녀를 지탱시켜 주었다. 절대로 약한 모습을 내비쳐서는 안 된다고 수없이 다짐했다.

그리하여 그녀는 안가로 피신한 이후 시간이 날 때마다 마법 수련에 박차를 가했다. 또한, 휘하에 남은 정예 기사들을 훈련시키며 토르카의 정황에 촉각을 곤두세웠다.

설령 그것이 반역 행위가 된다 하여도 그녀는 야니카를 구출할 생각이었다. 휘하의 기사들을 이끌고 무력으로라도 알카즈를 기습할 생각마저 품고 있었던 것이다.

물론 남은 기사들도 한마음이었다.

백작가가 완전한 몰락을 겪은 지금까지도 충성을 다하는 이들이야말로 진정한 정예라 불릴 자격이 있으리라.

어쨌건 카탈리나는 이곳에 오고 나서 하루도 헛된 날을 보내지 않았다. 어서 빨리 야니카를 구출하기 위해 만반의 준비를 착착 갖추어 나갔다.

덕분에 그녀의 마법 수준은 하루가 다르게 일취월장했다. 특히 전투 마법 분야에서 크나큰 발전을 이루었는데, 그 때문에 실제로 마법을 연습할 넓은 장소가 필요했다.

지금 그녀가 호위와 아리안을 데리고 오르는 언덕은 전투 마법 수련을 할 때 자주 찾아오던 곳이었다. 그런데 며칠 전, 그녀는 마법 수련을 하다가 눈에 익은 약초를 발견했다.

"아타니아?"

도감에서 본 적이 있는 약초였다.

상처의 치료, 특히 후유증의 완화에 효과가 좋고 내장을 튼튼하게 해 주는 약초라서 부르는 게 값인 희귀한 약초이기도 하였다.

기쁜 마음에 아타니아를 캐서 확인하던 카탈리나는 곧 눈을 휘둥그렇게 떴다.

"아……!"

지금껏 그녀가 눈여겨보지 않았던 언덕 반대편 비탈에 아타니아가 비탈면을 온통 점령하다시피 군락을 이루고 있었기 때문이다.

그날 그녀는 아타니아 몇 뿌리를 캐서 안가로 돌아갔다. 그걸로 약을 달여 몸이 불편한 아리안에게 먹일 생각에서였다.

며칠이 지났다.

확실히 아타니아의 약효는 뛰어났다. 아니, 오히려 도감에서 읽었던 것 이상이라 할 만했다. 단지 이틀을 복용했을 뿐인데도 아리안의 상태가 상당히 좋아졌다.

원래 그는 부상의 후유증 때문에 지팡이가 없으면 걷질 못했다. 그런데 불과 이틀 만에 자신의 두 다리로 어설프게나마 일어설 수 있게 되었다.

"이건 계속 복용해야 해요."

아리안이 건강해지는 것은 곧 시슬란의 믿음직한 수하가 다시 제자리를 찾는다는 뜻, 그건 시슬란에게 도움이 된다는 뜻이다.

그래서 그녀는 더욱 적극적으로 아타니아를 채취했다.

그런 정성 덕분이었는지 아리안의 건강은 날이 갈수록 호전되었고, 그렇게 보름 정도가 더 지나자 스스로 걷는 것은 물론 약간의 뜀박질도 가능해졌다.

하루는 카탈리나가 아리안에게 같이 아타니아를 캐러 가자고 했다. 약효가 도는 동안 조금이라도 더 움직이는 것이 좋다는 걸 안 아리안도 그녀의 요청에 흔쾌히 응했다.

그렇게 해서 두 사람은 호위를 대동하고 언덕을 오르는 길이었다.

하지만 운명의 장난이었는지, 이날 그들이 오르는 언덕 위에는 평소 이곳에서 마주칠 리 없는 불청객이 먼저 와 있었다.

이곳에는 출몰하지 않는다고 했던 위험한 생물.

대수림의 마수였다.

3

카르곤은 대수림의 마수 중에서 중간 정도의 서열을 지닌 마수였다. 커다란 구렁이를 닮은 이 생물은 구렁이와 달리 꼬리가 없었다. 꼬리가 있어야 할 자리에도 머리가 붙어 있는 까닭이었다.

즉, 이 마수는 기다란 몸통 양쪽 끝에 머리가 하나씩 달린 일종의 쌍두사였다.

더욱 특이한 것은, 이 두 개의 머리가 각각 독립된 한 마리의 카르곤이라는 점이었다. 즉, 두 마리의 카르곤이 하나의 기다란 몸통을 공유하고 있다는 것이 옳았다.

게다가 한몸을 공유한 두 마리의 카르곤은 각각 성별이

달랐다. 한쪽 머리가 수놈이면 다른 쪽은 반드시 암놈이었다. 그리고 동시에 부부이기도 했다.

그런 특이한 생리적 구조 때문에 카르곤은 짝짓기 철이 되면 임신을 하기 위해 반드시 한 가지 약초가 필요했다.

그게 바로 아타니아였다.

암수한몸인 카르곤이 제 몸속에 새끼를 잉태하려면 아타니아의 약효가 필요했다. 그리고 카탈리나와 아리안이 언덕을 오르는 지금 이 시기야말로 카르곤의 짝짓기 철이 절정에 오른 시기였다.

쉬익! 쉬이익!

한몸을 지닌 카르곤 암수가 서로의 머리를 물어뜯으며 쉭쉭거렸다. 근육질로 뭉친 기다란 동체가 언덕 위를 이리저리 구르며 난리를 피웠다. 그 서슬에 멀쩡한 바위가 뽑히고 흙구덩이가 생겨날 정도였다.

하지만 사실 그것은 싸움이 아니었다.

아타니아를 잔뜩 먹은 카르곤이 약효에 취해 짝짓기를 하고 있는 것이었다.

그런 일이 벌어지고 있는 줄도 모르고 언덕에 올라온 카탈리나와 아리안, 호위 기사 둘은 사색이 되었다. 그들은 혹여나 카르곤이 기척을 느낄까 두려워 숨을 죽이고 짝짓기 광경을 지켜만 보았다. 마수의 짝짓기가 끝날 때까지 오도 가도 못하는 처지가 되어 버린 것이다.

그러나 이들에게는 불행하게도, 카르곤은 감각이 무척이나 예민한 마수였다. 게다가 그 감각은 짝짓기 철이 되면 최고조에 이르렀다.

바로 지금과 같이.

쉬슛?

한창 짝짓기에 열중하던 카르곤의 두 머리가 오뚝 섰다.

놈들은 하던 일도 멈추고 주변을 경계했다. 두 머리에 달린 노란 눈알이 주변을 탐색하듯 샅샅이 훑었다.

그리고 결국 놈들은 카탈리나 일행의 냄새를 맡았다.

쉬카악!

섬광!

불청객의 존재를 깨달은 카르곤은 잠시의 머뭇거림도 없이 일행을 덮쳤다.

물론 당하고만 있을 일행이 아니었다.

"플래시 라이트!"

만일에 대비해 마법을 준비하고 있던 카탈리나가 즉시 주문을 시전했다. 그녀가 내민 지팡이 끝에서 강력한 섬광이 터져 나오며 일시적으로 카르곤의 시각을 앗아 갔다.

그 틈에 호위 기사들이 나섰다.

"하압!"

그들의 검이 맹렬한 기세로 카르곤의 몸통에 꽂혔다.

그러나.

까앙!

기사들의 검은 카르곤의 비늘을 뚫지 못했다.

아니, 작은 흠집조차 새기지 못했다.

그사이에 카르곤은 시각을 되찾았다.

터어엉!

"크억!"

카르곤의 암컷 머리가 기사의 가슴을 들이받았다.

단숨에 20미터를 날아가 아름드리나무에 거꾸로 처박힌 호위 기사는 목이 부러졌다.

나머지 호위 기사는 더욱 비참한 꼴을 당했다.

콰드득!

"끄아아악!"

수컷 카르곤이 기사의 상반신을 물었다. 그러자 암컷 카르곤이 기사의 다리를 물었다.

양쪽으로 당기는 막대한 힘!

찌아악!

괴상한 소리와 함께 기사의 허리가 동강 났다.

그사이 카탈리나가 다음 주문을 완성했다.

"플레임 스피어!"

화염으로 이루어진 창이 암컷 카르곤의 입에 틀어박혔다. 카르곤이 고통으로 몸부림쳤다.

그러나 그것뿐, 놈은 거의 다치지 않았다. 오히려 독이 바짝 올랐다.

쉬쉬쉬잇……!

카르곤과 눈이 마주친 순간, 카탈리나의 얼굴이 사색이 되었다. 마수가 지닌 근원적인 위압감에 짓눌려 버린 것이다.

그때였다.

"제가 시간을 끌 테니 도망치십시오!"

기사들의 검을 주워 든 아리안이 카르곤의 머리를 향해 검을 내리쳤다.

파학!

검은 부러졌지만 놀랍게도 카르곤의 비늘이 살짝 베이며 피가 터져 나왔다.

지금은 부상의 후유증을 지니고 있으나, 원래 아리안은 야니카보다도 까마득하게 높은 경지를 이룬 강자였다. 루나티카 황태자의 근접 호위였으니 당연한 이야기였다.

그래서 검을 휘두르는 궤적, 순간적인 힘의 집중 등은 방금 죽은 기사들에 비할 바가 아니었다. 만약 그가 건강한 상태였다면 방금 전의 일격으로 카르곤도 목이 잘렸으리라.

그러나 아쉽게도 그는 부상의 후유증 탓에 제대로 된 힘을 내지 못했다. 비늘을 베는 것이 고작이었다.

때문에 카르곤은 아리안을 전혀 위협적으로 생각하지 않았다. 오로지 카탈리나에게만 모든 주의를 기울였다. 그녀가 더 위협적이기 때문이기도 했지만, 사실 더 큰 이유가 있었다.

"꺄아악!"

카르곤의 몸통이 카탈리나의 허리를 휘감았다.

그런데 카르곤의 다음 행동이 이상했다. 놈은 카탈리나의 허리를 으스러뜨리지도, 그녀를 물어뜯지도 않았다. 오히려 행여나 그녀가 다칠까 조심스럽게 휘감고서 못 움직이게만 했다.

그리고 카르곤은 아리안을 무시하고는 그대로 언덕을 내려갔다.

"멈춰!"

아리안이 피를 토하듯 외쳤지만 카르곤을 막을 순 없었다. 그는 카르곤이 왜 카탈리나를 생포해서 데려가는지 이해할 수 없었다.

그러나 손 놓고 볼 수만은 없는 일.

"크으윽!"

그는 고통을 참으며 언덕을 내려갔다.

대수림으로 들어가는 카르곤이 저쪽에 보였다.

놓칠 순 없다!

아리안은 이를 악물고 카르곤을 추적했다.

하지만 그의 속도는 느렸다. 반면, 카르곤은 평지를 달리는 말만큼이나 빠르게 움직였다.

당연히 순식간에 둘 사이의 거리가 벌어졌다. 설상가상으로 대수림의 빽빽함은 다른 숲과 차원을 달리했다. 거리가 벌어지자 아리안은 금방 카르곤의 흔적을 놓쳐 버리고 말았다.

"아아, 이런……!"

그가 절망하려는 순간이었다.

크와앙!

바로 옆의 수풀에서 무언가가 튀어나와 그를 덮쳤다.

정신없이 한데 뭉쳐 바닥을 구르고 보니 호랑이었다. 놈은 카르곤이 지나가는 동안 숨죽이고 있다가 아리안을 덮친 것이었다.

"이게 감히!"

그렇지 않아도 카탈리나를 구하지 못해 절망하던 참이었다. 그런 상황에서 자신을 잡아먹으려 드는 호랑이가 곱게 보일 리 없었다.

아리안의 눈이 뒤집혔다.

그는 카탈리나를 놓친 울분을 호랑이에게 풀었다.

콰드드득! 퍼퍽! 퍽!

비록 부상의 후유증으로 관절이 비틀려 움직임이 불편하다고는 하지만, 완력은 어느 정도 남아 있던 아리안이었다. 게다가 최근 아타니아를 복용한 덕분에 후유증도 많이 완화되었다.

그런 그가 작정하고 힘을 쓰자 호랑이조차도 만신창이가 되도록 얻어맞을 수밖에 없었다.

커허헝! 커헝!

호랑이가 도망치려 했지만 그것마저도 마음대로 되지 않았다. 놈의 꼬리를 잡아당긴 아리안은 다시 한 번 놈을 바닥에 패대기치고는 머리를 공 차듯 걷어찼다.

그러다가 문득, 그는 좋은 생각이 떠올랐다.

"……네놈, 살고 싶으면 내 말을 들어라."

그는 호랑이의 눈을 똑바로 노려보며 말했다.

크르르르…….

기가 덜 죽었는지 호랑이의 눈동자에 다시 살기가 스몄다. 그러자 아리안은 재차 놈을 무자비하게 팼다.

한참을 팬 아리안이 다시 말을 걸었다.

"내 말 들어라. 안 그러면 죽는다."

그렇게 두어 번을 반복하자 비로소 호랑이의 기가 팍 죽었다. 놈은 민감한 생존 본능에 따라 아리안에게 완전히 복종했다.

아리안은 아까 자신이 카르곤의 비늘을 베었던 언덕으로 호랑이를 끌고 갔다. 그리고 카르곤이 흘린 핏자국에 놈의 주둥이를 내리눌렀다.

"이 냄새, 똑똑히 기억해라. 앞으로 네가 추적해야 할 냄새니까."

크르릉! 크릉!

호랑이가 고개를 들려고 발버둥 쳤지만 무지막지한 아리안의 완력에 눌려 꼼짝할 수가 없었다.

그렇게 강제적으로 카르곤의 체취를 호랑이에게 각인시킨 아리안은 호랑이의 등에 올라탔다.

자신도 모르게 쓴웃음이 나왔다.

스스로 생각해도 호랑이를 길들여 냄새를 추적한다는 발상이 말이 안 되는 까닭이었다.

'하지만 이 방법 말고는 희망이 없다…….'

그런 이상 일단은 시도라도 해 보아야 했다.

그렇게 지푸라기라도 잡는 심정으로 호랑이의 등에 오른 순간.

크허허헝!

호랑이가 길게 포효하더니 언덕 아래로 단숨에 훌쩍 뛰어내렸다. 워낙 갑자기 이루어진 도약이라 담대한 아리안도 깜짝 놀라 호랑이의 목덜미를 와락 끌어안아야 했을 정도였다.

그런데 언덕 아래에 착지한 호랑이는 아주 잠깐 허공에 킁킁 냄새를 맡는 듯하더니 한쪽 방향으로 날쌔게 달리기 시작했다.

"아……!"

아리안의 표정에 처음으로 희망이 어렸다. 카르곤이 사라진 방향으로 호랑이가 뛰고 있음을 깨달았기 때문이다.

호랑이는 기대 이상으로 그의 명령에 잘 따라 주고 있었다. 게다가 날쌜 뿐만 아니라 영리하기까지 했다.

중간에 몇 번 아리안에게 대들기도 했지만, 놈은 비교적 효과적으로 카르곤의 자취를 추적했다.

그러는 사이에 밤이 왔다.

어느새 아리안은 대수림의 깊숙한 곳까지 들어와 있었다. 그럼에도 카르곤과의 거리는 일정 이상 좁혀지지 않았다.

설상가상으로 호랑이가 다른 마수의 습격을 받았다.

캬아아악!

나무 위에서 호랑이를 덮친 마수는 원숭이를 닮은 놈이

었다. 덩치는 아리안보다도 작았지만, 그 힘은 훨씬 강력했다. 기습을 당한 호랑이가 반항 한 번 못 해 보고 일격에 머리가 깨져 죽어 버린 것이 그 증거였다.

위기를 느낀 순간 몸을 날린 아리안은 간발의 차이로 죽음을 모면했다. 다행히도 원숭이를 닮은 마수는 호랑이의 사체를 먹어치우는 데에만 관심이 있었다. 덕분에 아리안은 숨죽여 자리를 피할 수 있었다.

그리고 다시 반나절이 지났다.

다행히 카르곤은 더 이상 움직이지 않았다. 아마 자신의 원래 영역으로 돌아온 것인 듯했다.

아리안은 조심스럽게 놈의 흔적을 추적해 놈이 사는 암굴을 찾아냈다. 그리고 안쪽의 광경을 보고는 깜짝 놀랐다.

'카탈리나 님!'

카탈리나는 무사했다. 다친 곳 하나 없을 정도였다.

그런데 아리안이 놀란 이유는 딱 하나였다.

카르곤이 카탈리나에게 무언가를 먹이려 하고 있었기 때문이다.

바로 알.

그것도 카르곤, 자신의 알이었다.

'저걸 왜 카탈리나 님께 먹이는 거지?'

아리안은 알지 못했지만 사실 카르곤은 암수가 한몸인

까닭에 불완전한 알을 낳을 수밖에 없는 마수였다. 그렇기에 그 불완전한 알을 완전히 부화시키려면 다른 암컷 생물의 몸이 필요했다.

다른 생물의 암컷에게 자신의 알을 먹이면, 그 알은 그 암컷의 배 속에서 자라고 부화한다. 그리고 마침내 배를 꿰뚫고 튀어나와 세상을 향해 탄생하는 것이다.

카르곤이 애초에 카탈리나를 죽이지 않고 생포한 것이 바로 그 이유에서였다.

게다가 카르곤이 본능에 따라 느끼기에 카탈리나는 알의 부화를 위한 최적의 신체였다. 평소 그녀가 마법을 수련하며 마나를 자주 접한 탓이었다.

물론 아리안이 그런 사실을 자세히 알 까닭이 없었다. 그러나 그는 직감적으로 지금 카르곤의 행동이 카탈리나에게 해가 될 것이란 사실을 깨달았다.

'어떻게든 말려야 한다!'

그는 위험을 무릅쓰고 바위 굴에 기어들어갔다.

카르곤은 온 신경을 알에만 쏟고 있어서 그의 접근을 알아차리지 못하였다. 게다가 방금 알을 낳은 직후라 놈은 평소보다 훨씬 지쳐 있는 상태였다.

그런 소소한 행운들 덕분에 아리안은 들키지 않고 카르곤과 카탈리나의 바로 곁에까지 접근할 수 있었다. 그리고 카탈리나의 입에 알이 들어가기 직전에 그녀를 잡아당겼다.

쉬이이익!

뒤늦게 침입자의 존재를 알아차린 카르곤이 펄쩍 뛰었다. 그 서슬에 알이 바닥에 떨어져 깨졌다.

캬아아아아아아!

카르곤의 눈이 뒤집혔다.

놈은 카탈리나를 데리고 도망치려는 아리안의 목을 휘감아 패대기를 쳤다.

그런데 아리안이 패대기 당한 자리가 공교롭게도 카르곤의 알이 깨진 자리였다.

"크억!"

땅바닥에 얼굴이 처박히는 통증에 아리안이 비명을 질렀다. 그 바람에 깨진 알의 내용물이 아리안의 입으로 조금 흘러들어갔다.

그 순간이었다.

화아아악!

아리안은 배 속을 불로 지지는 듯한 격통을 느껴야만 했다. 지금껏 한 번도 경험해 보지 못한 엄청난 고통이었다.

"크, 으으아아악!"

고통은 곧 아리안의 전신으로 빠르게 퍼져 나갔다.

너무나 아픈 나머지 그는 카탈리나도, 카르곤의 존재도 잊고서 비명을 지르며 땅바닥을 데굴데굴 굴렀다.

물론 그런다고 그를 가만히 내버려둘 카르곤이 아니었다.

쉬이이익!

머리끝까지 분노한 카르곤은 결코 아리안을 곱게 죽일 생각이 없었다. 기다란 몸으로 아리안을 꽁꽁 휘감은 놈은 연달아 아리안을 미친 듯이 땅바닥에 내리찍었다.

쾅! 쾅! 콰앙!

바위 굴 바닥은 당연하게도 엄청나게 단단한 바위였다. 아리안이 땅에 찍힐 때마다 부서진 돌가루가 자욱하게 날렸다. 이대로 두면 아리안은 온몸이 떡이 되어 죽을 것만 같았다.

그런데 아니었다.

'시, 시원하다……?'

고통으로 마비되었던 아리안의 이성이 조금씩 돌아왔다. 어이가 없게도, 카르곤이 그의 몸을 바닥에 찍을 때마다 불에 지지는 듯한 내부의 통증이 가라앉았다. 오히려 바닥에 찍힌 자리가 시원한 느낌이 들기도 했다.

이유는 알 수 없었지만 사실 그것은 그가 얼결에 마신 카르곤의 알 때문이었다.

카르곤의 알은 암컷의 몸에 들어가면 부화를 위한 성장을 하지만, 수컷의 몸에 들어가면 그러지 못했다. 부화는커녕 한 끼 식사로 전락하고 만다.

그런데 그 성분이 문제였다.

카르곤의 알에는 마수 특유의 막대한 기운이 그대로 담겨 있었다. 보통의 사람은 그걸 먹는 순간 기운을 감당하지 못하고 전신의 혈관이 녹아 버리고 만다.

아리안도 마찬가지였다.

때문에 그가 알을 먹은 순간 엄청난 고통을 느끼기 시작한 것이다.

그런데 그를 짓이겨 죽이려는 카르곤의 난폭함이 오히려 그에게 기사회생의 실마리가 되었다.

콱! 콰직! 콰아앙!

외부에서 전해지는 막대한 충격이 아리안의 내부에서 날뛰는 카르곤의 알 성분과 균형을 이루기 시작한 것이다.

덕분에 알에 실린 막대한 기운은 아리안의 혈관을 녹여 버리는 대신, 외부에서 오는 충격을 막아 주는 보호막이 되었다. 그리고 그러는 과정에서 알의 강력한 성분이 자연히 아리안의 뼈와 근육에 스며들었다.

결국 기적이 벌어졌다.

투두둑, 투둑!

후유증으로 인해 온통 뒤틀려 있던 아리안의 팔다리 관절과 근육이었다. 그런데 카르곤의 알 성분이 근육과 뼈에 스미자 그의 몸이 스스로의 어긋난 상태를 정상적인 모습으로 교정하기 시작했다.

뒤틀린 근육과 뼈가 제자리를 찾아가기 시작한 것이다.

그렇게 카르곤이 아리안을 짓이기길 수백 번.

결국(?) 아리안은 부상을 입기 전의 완벽한 신체를 되찾아 버렸다.

아니, 사실은 그 이상이었다. 카르곤의 알 성분이 근육과 뼈에 깃들어 오히려 예전보다도 더욱 큰 괴력을 발휘할 수 있게 되었다.

그걸 깨달은 아리안이 눈을 번쩍 떴다.

화아악!

그가 양팔을 활짝 펼치자 카르곤의 동체에서 우두둑거리는 소리가 났다. 갑자기 안쪽에서부터 가해진 압력에 뼈가 어긋나는 소리였다.

크에에엑!

아리안은 순식간에 카르곤의 휘감기에서 벗어났다.

그때부터 아리안과 카르곤 사이에 혈투가 시작되었다.

쉬이이익!

"크아아아!"

둘의 싸움은 그야말로 호각이었다.

카르곤이 그를 휘감고 물려고 하면 아리안은 재빠르게 피하며 카르곤의 전신을 두드렸다. 그러면 카르곤은 다시 굵은 동체로 그를 후려쳤다.

무지막지한 난타전에 암굴이 무너졌다.

아리안은 카탈리나를 업고 간신히 암굴을 빠져나왔다.

카르곤이 뒤를 추격했다.

싸움이 길어졌다.

아무래도 카탈리나를 지키려는 아리안의 수세로 싸움의 분위기가 흘러갔다. 그러다 보니 그의 체력 소모가 컸다.

"헉…… 허억!"

무기만 있었더라도.

아리안은 아쉬운 눈으로 빈손을 내려다보았다.

그때였다.

"으음…… ."

지금껏 정신을 못 차리던 카탈리나가 눈을 떴다.

그녀는 초토화된 주변의 풍경을 보고는 깜짝 놀라고, 카르곤을 막아서고 있는 아리안의 모습에 두 번 놀랐다.

"아, 아리안 씨?"

그녀가 기억하는 아리안은 뒤틀린 팔다리에 목발을 짚고 겨우 걸어 다니는 환자였다. 그런데 지금 그의 모습은 그녀의 기억과 너무나 달랐다.

하지만 놀라움도 잠시.

지금 상황을 재빨리 깨달은 그녀가 품속의 휴대용 완드를 꺼내 들었다.

비록 수세이긴 하지만 그래도 어느 정도 호각이던 싸움은 카탈리나의 가세로 완전히 역전되었다.

"실드!"

쩌저정!

아리안의 몸에 방어 마법이 걸렸다.

덕분에 아리안은 수비에 신경 쓰지 않고 마음껏 카르곤을 공격할 수 있었다. 지금까지의 수세가 단번에 뒤집히는 순간이었다.

카탈리나는 둘의 싸움을 지켜보다가 가장 적절한 순간에 적절한 마법을 사용하여 카르곤을 방해하고 아리안을 보조했다.

"플레임 스피어!"

"블라인드!"

"거스트 윈드!"

화염의 창이 벌어진 비늘 틈으로 들어가 속살을 지져 공격의 빈틈을 메웠고, 실명 마법이 카르곤을 당황하게 했다. 그리고 돌풍 마법이 카르곤의 균형을 빼앗았다.

최후의 일격이 카르곤을 강타했다.

빠지직!

아리안이 들고 내리친 돌멩이가 수컷 카르곤의 두개골을
빠개 버렸다.

수컷이 단번에 절명하자 한몸을 공유하는 암컷도 똑같이
고통을 느꼈다.

아리안은 그 틈을 놓치지 않고 암컷의 목마저도 꺾어 버
렸다.

와드득!

강력했던 카르곤도 목이 부러지자 결국 축 늘어지고 말
았다. 아리안이 이긴 것이다.

"하아! 하아!"

숨이 턱까지 찬 아리안이 부러진 나무둥치에 등을 기대
며 주저앉았다.

그는 카탈리나에게 고맙다는 눈길을 보냈다. 카탈리나
또한 고마움을 담아 그를 마주 봤다. 자신이 정신을 잃은
동안 여기까지 카르곤을 추적하여 왔음을 아는 까닭이었
다.

하지만 아직 위험은 끝나지 않았다.

이곳은 대수림의 깊숙한 장소였고, 카르곤보다도 더욱
끔찍한 마수들이 활개를 치는 장소였다.

"낌새가 수상한데요……."

카탈리나는 완드를 꽉 쥐었다.

온종일 물을 마시지 못해 갈라지고 터진 그녀의 입술 사이로 마법 캐스팅이 흘러나왔다.

열 걸음 앞의 수풀 속, 머리 위로 드리워진 무성한 가지 위, 등 뒤쪽의 부러진 아름드리나무 줄기, 심지어 땅속마저…… 거의 모든 방향에서 진득한 살기가 흘러들어 옴을 느꼈다.

아리안도 같은 걸 느꼈다.

"후우, 후욱! 포위된 것 같습니다."

이미 주변은 피 냄새를 맡고 몰려든 마수들로 완전히 포위되어 있었다. 웃긴 것은, 그중에 서로 천적 관계인 놈들이 분명 있음에도 서로 싸우거나 잡아먹을 생각을 전혀 하지 않고 있다는 점이었다.

놈들의 목표는 명확했다.

"서로 힘을 들여 싸우기보단 카르곤의 사체를 먹으려는 겁니다."

"그럼 우리는요? 설마 디저트?"

"아쉽게도 그런 것 같습니다만."

아리안이 쓴웃음을 지으며 카르곤의 송곳니를 뽑아 양손에 나눠 쥐었다.

'상황이 여의치 않으면 내가 미끼가 된다.'

아리안은 최악의 상황을 예감했다.

그럴 수밖에 없었다.

카탈리나는 주군인 시슬란과 우정을 나눈 친우임과 동시에 어쩌면 주군의 여자가 될지도 모르는 사람이다. 시슬란을 모시는 것을 자신의 사명으로 여기는 그로선 무조건 지켜야 하는 사람이었다.

솔직히 그에겐 그런 사람을 지키면서 저 마수들까지 물리칠 자신이 없었다. 앞서 싸운 카르곤보다 더 강력한 놈들도 느껴졌다.

그는 최후를 직감했다.

점점 주변에서 새 지저귀는 소리가 사라졌다.

풀벌레 우는 소리도 사라졌다.

수풀마저 부스럭거림을 멈추었다.

고요함이 더하여 적막으로 변했다.

마수들의 짙어진 살기가 한계점에 달했다.

캬아아악!

나무 위에서, 수풀 속에서, 바위를 넘어, 지면을 뚫고 모든 방향에서 갖가지 마수들이 튀어나와 두 사람을 덮쳐 왔다.

"크아아아압!"

아리안의 두 주먹에 쥐어진 카르곤의 송곳니가 춤을 추며 마수들의 가죽과 비늘을 찢어발겼다.

카탈리나도 쉴 새 없이 마법을 난사했다.

그러나 마수들은 너무나 강력했고, 숫자마저 많았다.

10분 정도를 버틴 끝에 두 사람은 위험에 노출되고 말았다.

'끝인가……!'

거대한 아가리를 벌리고서 덮쳐 오는 마수를 보며 아리안은 피를 토하듯 외쳤다.

"도망치십시오!"

"싫어요! 당신은 어떻게 하고!"

"저 혼자가 더 편합니다! 어서!"

"나 안심시키려는 거잖아요! 안 가요! 같이 싸울 거야!"

카탈리나는 아리안이 단지 자신을 안심시키려는 것임을, 스스로 미끼가 되려는 것임을 이미 알고 있었다. 그걸 아는 마당에 혼자만 살겠다고 도망칠 수는 없었다.

"제발! 가란 말입…… 큭!"

아리안의 허벅다리에서 피가 튀었다.

다리 달린 물고기 모습의 마수가 그의 다리를 할퀸 것이었다.

그 일격이 아리안의 균형을 앗아 갔다.

다리의 근육이 끊어지자 그는 자연히 지면에 무릎을 꿇었다. 피 냄새를 감지한 마수들의 주의가 단숨에 그에게 집중되었다.

캬아아아!

사방팔방에서 마수들이 그를 덮쳤다.

카탈리나가 다급히 펼친 방어 마법도 금방 종잇장처럼 찢어졌다.

결국, 아리안과 마수들 사이에 남은 장벽은 아무것도 없었다.

최후를 직감한 아리안이 눈을 질끈 감았다.

눈앞에 달려드는 마수들의 이빨과 발톱이 그가 눈을 감기 직전에 본 마지막 광경이었다.

'주군……'

파학!

선혈이 튀었다.

뜨거운 액체가 아리안의 상반신을 흠뻑 적셨다.

그러나 통증은 느껴지지 않았다.

그 피가 아리안의 것이 아니었기에.

"몸이 다 나은 건가?"

누군가의 목소리가 들려왔다.

5장.

절대 지배를 결심하다

1

흉흉하던 이곳의 상황과는 전혀 어울리지 않는 어조였다. 그저 '아침은 먹었는가?'라고 바꿔도 전혀 손색이 없을 듯한 말투였다.

하지만 그 말투가 아리안의 전신에 전율을 일으켰다.

설령 꿈속에서 들어도, 수많은 세월이 흐른 뒤에 들어도 알아들을 수 있는 목소리, 바로 주군인 시슬란의 목소리였기 때문이다.

"주, 주군……?"

눈을 뜨자 주변의 참상이 드러났다.

모든 마수가 두 동강 나 있었다. 놈들에게서 흘러나온 내장과 피가 주변을 흥건히 적시고 있었다. 그런데 딱 하나, 시슬란만은 전혀 한 방울도 피가 묻지 않았다.

선혈이 난무하는 광경 속에서 핏방울 하나 묻지 않은 은빛 쥐스토코르 코트를 걸친 그의 모습이 너무나 이질적으로 보였다.

"정말로 다 나았군."

한참을 멍하니 넋 놓고 시슬란을 올려다보던 아리안이 퍼뜩 정신을 차렸다.

그는 새삼스러운 눈으로 시슬란을 올려다보았다. 압도적인 모습과는 반대로, 시슬란은 깊은 눈동자로 아리안을 내려다보고 있었다.

그 눈이 말하고 있는 듯했다.

그동안 고생이 많았노라고, 날 지키려 몸을 아끼지 않았음이 미안했노라고, 그런데도 아무것도 해 주질 못해 안타까웠노라고, 그리고…… 다행이라고.

아리안의 눈에 물기가 어렸다.

"주군……."

그 눈빛이면 충분했다.

지금까지의 고생에 대한 어떤 포상보다도 좋았다.

뒤늦게야 자신의 실책을 알아차리고 목소리를 굳히는 시슬란의 모습마저도 고맙고 감격스럽게 느껴졌다.

"다시는, 내가 아닌 다른 것들에게 함부로 무릎을 꿇지 마라."

"……예? 예!"

시슬란이 장내의 또 다른 한 사람에게로 돌아섰다.

"오랜만이야."

카탈리나를 향해 손을 내밀었다.

자신을 구하러 온 사람의 정체를 깨달은 그녀의 몸에서 떨림이 잦아들었다. 온몸을 적신 피와 진흙에도 불구하고 그녀는 환하게 웃을 수 있었다.

"네, 오랜만이에요."

카탈리나가 우아하게 그의 손을 맞잡았다.

비로소 드는 안도감에 다리가 풀렸다. 하지만 그녀는 쓰러지지 못했다.

그녀를 끌어당긴 시슬란 덕분에.

"……!"

그의 품에 안기는 순간, 숨이 콱 막혔다.

그것은 시슬란도 마찬가지였다.

처음엔 그녀가 넘어져 바닥 가득 흐르는 마수의 피로 더럽혀질까 반사적으로 그녀를 끌어당겼다.

그런데…….

품속에 들어온 카탈리나에게서 전해져 오는 떨림, 체온,

그 모든 것이 너무나 감미로웠다. 마치 뼈가 없는 것 같이 부드러운 몸의 감촉은 차라리 비현실적이었다.

그렇게 시슬란과 카탈리나는 서로를 포용한 채로 잠시 굳어 있었다. 서로에게 너무나 놀란 까닭이었다.

그때였다.

우우우웅!

밀착되어 있던 둘의 몸 사이에서 무언가가 갑작스럽게 진동하기 시작했다.

"어?"

놀란 두 사람은 누가 먼저랄 것도 없이 서로에게서 떨어졌다.

시슬란은 품속에서 진동하는 물체를 꺼내 보았다.

그것은 알카즈의 지하에서 찾은 샨 대제의 목판이었다.

'이게 왜?'

목판은 여전히 진동하고 있었다. 그뿐만 아니라 어느 일정한 방향을 향할 때마다 진동이 강해지거나 약해졌다.

"이게 뭐죠?"

카탈리나가 눈을 동그랗게 떴다.

"내게 중요한 단서를 제공해 준 목판인데…… 아무래도 대수림 안쪽의 무언가에 반응해서 진동하고 있는 것 같군. 대수림 깊은 방향을 가리킬 때마다 진동이 강해지는 것을 보니.”

그의 말처럼 목판은 대수림 깊숙한 방향을 가리킬 때만 진동이 강해졌다. 반대로 대수림 바깥쪽을 향해서는 진동이 약해졌다.

다른 물건도 아니고, 산 대제와 관련된 물건이다.

이 반응에는 분명 뭔가 의미가 있으리라.

“일단 이 진동을 따라가 보도록 하지.”

시슬란은 카탈리나와 아리안을 데리고 숲 안쪽으로 들어갔다.

깊은 곳으로 들어갈수록 수림은 울창해지다 못해 보통의 수단으로는 걷지도 못할 만큼 빽빽해졌다.

하지만 울창한 수림을 뚫는 전진은 계속되었다.

그렇게 이틀쯤 지나자 목판의 진동이 더할 수 없이 강력해졌다. 진동이 너무 세서 목판에 금이 가는 게 아닐까 걱정이 될 정도였다.

그리고 일행은 작은 동굴을 발견했다.

한 사람이 겨우 들어갈 수 있을 정도의 입구.

게다가 이끼와 수풀이 무성해서 평소였다면 십중팔구 그냥 지나쳤을, 평범한 동굴이었다.

하지만 목판의 진동은 동굴 입구를 향해 있었다.

“안쪽에 뭔가가 있는 것 같군.”

시슬란이 선두에 서서 동굴로 들어갔다. 루나리언인 그에겐 횃불 따위도 필요 없었다.

다행히 안쪽 공간은 세 사람이 걷기 충분할 만큼 넓었다.

"이건…… 사람이 만든 장소 같아요."

입구 근처는 천연 동굴이었지만 수십 미터가량 들어가자 네모반듯한 통로가 나왔다. 오랜 세월 방치된 탓인지 눅눅한 이끼가 사방을 덮고 있었지만 사람의 손에 만들어진 장소가 분명했다.

세 사람은 계속 안쪽으로 들어갔다.

목판의 진동은 점점 더 강해지고 있었다.

"함정이 있군."

가는 도중에 침입자를 막기 위한 함정이 설치되어 있었다. 그러나 상대는 시슬란과 아리안이었다. 연약해 보이는 카탈리나마저도 중급 이상의 실력을 지닌 마법사였다. 아무리 함정이 깔렸어도 세 사람에게는 장애가 되지 못했다.

두 시간 정도 들어가자 동굴의 끝이 나왔다.

작은 공동이 있고, 중앙에 연못이 보였다.

"이런 곳에 연못이?"

웅웅웅웅!

목판의 진동은 연못에 가까워질수록 강해졌고, 멀어질수록 약해졌다. 그 말은 곧, 목판이 가리키는 목적지가 바로 저 연못이라는 뜻이다.

하지만 일행은 섣불리 연못에 접근하지 않았다.

연못은 맑았지만 바닥이 보이지 않았다. 그만큼 깊다는 뜻이었다.

혹시나 싶어 카탈리나가 탐지 마법을 사용한 결과 아무런 위험도 파악되지 않았으나 그런 점이 오히려 더욱 찜찜했다.

결과적으로 그 판단은 옳았다.

촤아아아악!

갑자기 작은 연못 속에서 엄청나게 거대한 무언가가 솟구쳐 나왔다.

그것은 머리 아홉 개가 달린 거대한 뱀이었다.

키이익!

"히드라?"

카탈리나의 외침에 히드라의 아홉 개 머리의 시선이 일제히 그녀에게 쏠렸다.

그 순간 시슬란이 달려 나갔다.

샤아아아!

그의 지배를 받은 히드라의 그림자가 본체의 목을 잘라 버렸다.

키에엑……!

단번에 아홉 개의 목이 모조리 잘린 히드라가 비명과 함께 쓰러졌다.

그런데 놀라운 일은 다음부터 벌어졌다.

"조심해요!"

카탈리나가 사색이 되어 시슬란의 뒤편을 가리켰다.

쒸이익!

시슬란이 반사적으로 돌아서며 옆으로 한 걸음 움직였다.

방금까지 그가 있던 자리에 히드라의 머리 셋이 달려들어 그를 스쳐 지나갔다. 방금 머리를 모두 잘랐던 일이 무색하게도, 히드라는 순식간에 아홉 개의 머리를 모조리 재생시킨 것이다.

"설마 불사?"

다시 그림자를 일으켰다.

이번에는 다시 붙지 못하도록 목을 자르는 게 아니라 아예 머리를 으깨 버렸다.

머리를 통째로 잃은 히드라의 거대한 몸체가 굉음을 내며 쓰러졌다.

그러나…… 놈은 다시 살아났다.

부서진 조직이 재생된 것이 아니었다.

재생 따위와는 차원이 달랐다.

숨이 끊어진다 싶은 순간 뭔가 광채가 번쩍하고 일어나면 놈이 멀쩡한 모습을 드러내는 식이었다.

그런 듣도 보도 못한 현상 앞에 시슬란도 곤혹스러워졌다.

'대체 무슨…….'

죽이려고 해도 죽지는 않고, 그렇다고 대결을 피하자니 놈이 연못을 지키고 있어서 그럴 수도 없는 노릇이었다. 샨 대제의 목판이 진동하는 이유를 알려면 반드시 연못을 탐사해야 할 것 같았기 때문이다.

게다가 상황은 점점 험악하게만 흘러갔다.

처음에는 만만했던 히드라가 죽고 살아나기를 반복하며 눈에 띄게 강력해졌다.

그런데 그와 함께 시슬란의 품속에 있던 목판에서 희미한 빛이 흘러나오기 시작했다. 그것은 바로 목판에 새겨진 글자가 내는 빛이었다.

세상에서 가장 빠른 것.
동시에 세상에서 가장 느린 것은?

시슬란이 이미 답을 찾아낸 바로 그 문구였다.

그런데 그 수수께끼를 본 카탈리나의 표정이 이상해졌

다.

"어라? 저 구절은……?"

"혹시 그쪽도 아는 건가?"

"그거, 아이들이라면 누구나 아는 동요의 한 구절이에
요."

"동요?"

히드라의 공격을 피하며 시슬란이 물었다.

"지금 불러 볼 수 있나?"

카탈리나가 잠깐 움찔거렸다.

"알았어요. 어, 험험!"

노래가 시작되었다.

세상에서 가장 빠른 건 새일까요?

아니, 표범일까요?

아니, 바람일까요?

그것도 아니.

그렇다면 무엇?

노인이지요.

눈 깜짝할 사이에 늙어 버렸거든요.

그럼 가장 느린 건 노인일까요?

아니, 바위일까요?

아니, 거북일까요?

아니, 그렇다면 무엇?

어린이지요.

언제 자라나 싶어 부모들이 항상 걱정만 태산이거든요.

그런데 그걸 아나요?

사실은 세상에서 가장 빠른 노인을 만든 것도 세월이고, 가장 느린 어린이를 만드는 것도 세월이지요.

그래서 가장 빠르고 가장 느린 건 세월이랍니다.

"……"

시슬란의 표정이 굳었다.

이유는 간단했다.

뜻밖에 그녀는 심각한 음치였다.

음 이탈은 기본이고, 시시때때로 목이 뒤집어지기까지 했다. 하지만 그래도 열심히 부른 덕분에 가사만큼은 제대로 알아들을 수 있었다.

아니, 정정. 솔직히 말하자면 가사만 겨우 알아들을 수 있었다. 거의 소음, 아니 음파 공격이라고 불러도 무방할 수준이었다!

사납게 날뛰던 히드라가 그녀의 노래를 듣는 순간 경기를 일으킬 정도였다.

시슬란은 그 기회를 놓치지 않았다.

샤아아아, 서걱!

아홉 개의 목이 잘렸다.

이번에 놈은 다시 부활하지 못했다.

쿠우웅!

시슬란이 묘한 표정으로 카탈리나를 돌아보았다.

"그대의 노래, 생각보다 강력하군."

"네, 네……?"

"저 사납던 마수도 견디지 못해 부활을 포기해 버리는 걸 보면 말이야."

그가 싱긋 웃으며 연못을 향해 걸음을 떼었다.

카탈리나는 멍한 기분이었다.

'무슨 뜻이야?'

그때 아리안이 그녀를 지나쳐 시슬란의 뒤를 따르며 건넨 한마디에 그녀의 정신이 퍼뜩 돌아왔다.

"죄송합니다."

그 순간 카탈리나는 자신을 스쳐 지나는 아리안의 행동을 똑똑히 볼 수 있었다. 그는…… 귓구멍을 막아 두었던 이끼 뭉치를 몰래 꺼내 바닥에 버렸다!

'서, 설마 귀마개? 내 노래가 그 정도였던 거야?'

비로소 방금 시슬란이 한 말의 뜻이 무언지 깨달은 그녀였다. 그녀의 얼굴이 삽시간에 새빨갛게 물들었다.

하지만 그 사이 시슬란과 아리안은 연못으로 들어가고 있었다.

"가, 같이 가요!"

허겁지겁 둘의 뒤를 따르며 그녀는 진지하게 고민했다.

"아아아아아!"

도레미파솔.

음정에 맞춰 불러 봤다.

그리고 고개를 갸웃거렸다.

'듣기 괜찮은데 왜들 그래, 대체?'

그녀는 진정 몰랐다. 방금 그녀 자신이 부른 다섯 음정이 어떤 결과를 만들었는지.

그녀가 자리를 비운 직후.

투두두두둑!

동굴 천장 곳곳에 거꾸로 매달려 있던 박쥐들이 우수수 떨어졌다. 녀석들은 잠시 후에야 겨우 제정신을 차리고 천장에 다시 매달렸다. 하마터면 큰일 날 뻔했다고 싸한 가슴을 쓸어내리며.

어쨌건 그런 사실을 알 리 없는 카탈리나는 시슬란과 아리안을 허겁지겁 따라갔고, 곧 두 사람을 따라잡았다. 그런데 먼저 연못가에 서 있던 시슬란의 표정이 심각했다.

"물속으로 들어가시게요?"

"아니."

시슬란이 고개를 저었다.

"기대했던 것보다 훨씬 대단한 것을 찾은 것 같아서."

그는 목판을 묘한 표정으로 바라보고 있었다. 정확히는 목판에 새로 떠오른 룬 문자를 읽고 있었다.

"솔라리스의 모든 물길을 이어 주는 장소라…… 설마 내가 떠올리는 그곳을 말하는 건 아니겠지?"

그런 곳이라면 시슬란도 한 군데 알고 있었다.

사막의 도시 마테온.

그곳에 있는 오아시스를 통해 샤카라가 블랙 데몬을 불렀고, 시슬란이 베르디스호를 불렀었다.

목판을 읽던 시슬란이 고개를 끄덕였다.

"여기 적힌 대로라면, 이 연못 안에 그곳을 사용할 수 있는 열쇠가 숨겨져 있는 것 같군."

그는 연못 안쪽을 조사했다. 그리고 생각지도 못한 엄청난 수확을 얻었다.

바로 마테온의 오아시스를 영구적으로 사용할 수 있는 강력한 수정구를 얻은 것이다.

그것은 일종의 마스터키 역할을 하는, 오아시스에 대한 절대 명령권을 지닌 물건이었다.

뜻밖의 수확을 얻은 일행은 대수림을 빠져나와 안가로 돌아왔다.

마침 심각한 표정으로 수색 장비를 꾸려 안가를 출발하려던 야니카가 감격하여 일행을 반겼다.

"주군!"

저 멀리에서 달려오며 외치는 목소리.

상대를 확인한 카탈리나의 눈이 휘둥그레졌다.

"세상에, 야니카!"

헐레벌떡 마주 달려간 그녀는 숨도 몰아쉬지 않고 그대로 야니카를 와락 껴안았다. 그리고 야니카의 얼굴을 연신 두 손으로 만졌다.

부비부비.

"세상에, 너무 야위었잖아…… 나 때문에……."

그녀는 야니카의 수척해진 얼굴을 보며 차마 말을 잇지 못했다. 야니카 덕분에 이렇게 안가에서 편하게 지낼 수 있었다. 비록 마음이야 언제나 야니카의 안위를 걱정하였다 곤 하지만, 실제로 야니카가 겪은 고초에 비하면 그녀의 고생은 고생이랄 것도 없는 수준의 것이었다.

그렇기에 카탈리나는 야니카에 대해 실로 말 못 할 죄책감과 미안함을 지니고 있었다.

부비부비.

"미안해, 정말 미안해……."

"괜찮습니다, 주군. 저는 여백님께서 무사하신 걸로 충분합니다."

"하지만 나 때문에 그 모진 고생을……."

부비부비.

"근데 주군, 저기 이 손 좀……."

"아?"

부비…… 멈칫.

야니카가 난처한 듯 말하자 그제야 카탈리나가 눈을 동그랗게 떴다. 그녀가 눈을 깜빡깜빡거리며 야니카를 마주보았다. 그리고 자신이 벌인 일을 깨닫고는 완전히 당황하고 말았다.

야니카의 얼굴은 어느새 진흙투성이가 되어 있었다.

카탈리나는 그제야 야니카의 얼굴을 인정사정없이 비비고 쓰다듬은 자신의 손이 엄청난 진흙투성이였다는 사실을 깨달았다.

"어, 어맛? 야니카, 미안."

당황한 카탈리나가 자신의 소매로 야니카의 볼을 닦았다. 하지만 그녀의 옷도 손에 못지않게 더러웠다. 야니카의 얼굴은 점점 더 엉망이 되었다.

그럴수록 카탈리나의 얼굴은 울상에 홍당무가 되어 갔

다.

"아, 이거 왜 이러지? 자, 잠깐만……."

하지만 그런다고 묻은 진흙이 닦일 리 없었다. 결국 야니카의 얼굴은 토인 같은 몰골로 변하고 말았다.

그 모습에 야니카 본인조차도 웃음을 터뜨려 버렸다.

그러자 카탈리나도 분위기에 휩쓸려 함께 웃어 버렸다.

장난기가 치솟은 야니카가 자신의 얼굴에 묻은 흙을 카탈리나의 볼에 발랐다. 카탈리나도 지지 않고 똑같이 응수했다.

두 군신은 허물없는 자매처럼 웃고 떠들며 감격적인 해후를 마음껏 누렸다.

언젠가 살아서 웃으며 만나자.

숨죽여 울면서 맺었던 둘만의 약속이 지켜지는 순간이었다.

2

일행은 모처럼 휴식을 취했다.

그렇게 각자 재충전의 시간을 가진 후, 저녁 무렵 안가의 거실에 모였다.

타닥…… 탁…….

모두가 침묵한 가운데 벽난로의 날름거리는 불꽃만이 수다를 피웠다.

모두들 생각이 많았다.

특히 카탈리나는 여러모로 복잡한 심경이었다.

바닥에 깔린 모피에 엉덩이를 깔고 앉은 그녀는 무릎을 당겨 몸을 웅크렸다. 무릎을 안고 그 위에 턱을 괸 채 맞은편의 시슬란을 묵묵히 바라보았다.

자신이 목숨을 구했던 사람. 처음에는 사소한 목적으로 자신이 이용하려 했던 사람. 그러다가 어느새 자신의 버팀목이 되어 준, 그런 사람…….

"이제부턴 어떻게 할 생각이지?"

침묵 속에서 송곳처럼 툭 튀어나온 시슬란의 질문에 카탈리나는 퍼뜩 상념의 연못에서 벗어났다.

하지만 그녀는 곧바로 대답하지 못했다.

이제부터 어떻게 하지?

야니카의 도움으로 감옥을 탈출하여 이곳에 오던 때부터 그녀가 자신을 향해 끊임없이 던졌던 질문이었다. 그리고 아직 그녀는 그 답을 찾아내지 못한 상태였다.

로젠 백작가는 무너졌다.

단순히 성이 함락되었다거나, 영지를 몰수당했다거나,

재산을 잃었다는 정도가 아니었다. 단지 손실이 그것뿐이라면 차라리 괜찮을 것이다. 시간이 얼마가 걸리든 결국은 복구할 수 있는 것들이니까.

그러나 지금 상황은 그렇지 못했다.

그녀와 그녀의 가문이 잃은 것은 단순한 물질이 아닌 명예였다. 누군가는 그따위 명예가 뭐가 중요하냐고 할지 모르겠지만, 그녀와 같은 귀족에게 명예를 잃었다는 것은 모든 것을 잃었다는 말과 같은 뜻이었다.

개국 공신으로서의 명예도, 토르 왕국의 서부를 수호하는 황혼의 방패라는 명예도…… 모두 잃었다.

오로지 남은 것이라곤 역모를 꾀했다는 오명뿐.

사실상 그녀는 조국인 토르 왕국의 귀족으로서 사형선고를 받은 것이나 다름없는 처지였다.

그러니까 이제부터 어떻게 하지?

아무리 생각해도 답이 안 나오는 것이 당연했다.

하고 싶어도 할 수 있는 일이 없는 까닭이었다.

그저 남은 몇 명의 기사들을 데리고 유랑이나 하다가 몰락 귀족이라는 구차한 이름을 걸고 외국 시골의 영주에게 간신히 시집이나 갈 수 있을까 싶은 생각마저 들었다.

쓴웃음이 나왔다.

허망하다는 생각도 들었다.

조상이 대대로 이어 오던 것들이, 평생을 걸쳐 이룩했던 것들이 이토록 쉽게 무너질 수 있는 모래성이었다는 것을 진즉 알았더라면…….

그때 시슬란이 말했다.

로젠 백작가의 소식을 듣고 루나를 출발하던 그날부터 내내 속으로만 생각해 왔던 한마디를.

"카탈리나, 그대는 이제부터 나의 개국 공신이 되어 줄 수 없나?"

"당신의 개국 공신이요?"

"그래. 토르 왕국이 아닌, 루나 왕국에서."

카탈리나가 눈을 동그랗게 떴다.

루나 왕국, 이라는 말이 그녀의 귓가에 너무나 크게 울렸다. 처음에는 멍하니 그를 마주 보던 카탈리나의 눈빛과 표정에 점점 놀람과 경악의 빛이 어렸다.

방금 그가 한 말은, 루나 왕국의 개국 공신이 되어 새로운 로젠 백작가를 일으켜 세우라는 뜻이 아닌가!

두 사람의 대화를 듣고 있던 야니카를 비롯한 일행들도 한 박자 늦게 그 뜻을 알아차리고는 눈을 부릅떴다. 야니카도, 기사들도 설마 로젠 백작가의 앞길에 그런 방법이 있을 줄은 생각도 못 해 봤던 까닭이었다.

하지만 그들의 놀람은 시작에 불과했다.

다음에 이어진 시슬란의 말이야말로 정녕 모두를 경악에 빠뜨릴 만한 것이었기에…….

"그리고 훗날, 내가 솔라리스를 떠나게 되면 그대가 왕좌를 이어 주었으면 좋겠어."

"……!"

왕이라고?

모두가 굳었다.

그런 그들을 향해 시슬란은 차분한 음성으로 말을 이었다.

"사실 그대들이 짐작하고 있을지도 모르겠지만, 나는 이곳 솔라리스의 사람이 아니야. 정확히 말하자면, 솔라리스와 쌍을 이루는 또 다른 세계인 루나티카에서 왔지. 그곳이 내가 있어야 할 곳이고, 돌아가야 할 곳이다. 그러니 결국, 나는 언젠가 이곳을 떠날 수밖에 없겠지."

그는 자신의 고향 루나티카에 대해 이야기를 풀어 놓았다.

태양이 없는 세상.

두 개의 달과 그림자, 그리고 그것들을 벗 삼아 살아가는 루나리언 종족에 관한 이야기들…….

또한 그는 샨 대제가 남긴 목판을 통해 알아낸 크라갈과 샨의 이야기, 마지막으로 부활의 사도에 관한 이야기도 풀어 놓았다.

일렁이는 벽난로의 불길은 그의 이야기에 신비감을 더했고, 카탈리나와 야니카, 기사들은 숨죽여 그의 이야기를 들었다. 자신들이 사는 이 세상의 이면에 그런 비밀이 숨어 있었다는 사실에 경악하며.

그리고 카탈리나는 자신이 그동안 시슬란에 대해 굉장한 오해를 하고 있었다는 사실을 깨달았다.

"세상에, 당신은…… 그럼 지금까지 제게 한 번도 거짓말을 한 적이 없었군요."

오래전, 처음 시슬란이 로젠 백작가에 왔을 때, 카탈리나가 시슬란의 정체를 대놓고 물은 적이 있었다. 그때 시슬란은 자신이 루나티카라고 불리는 곳에서 왔으며, 신분이 황태자라고 밝혔었다.

당시의 카탈리나는 그 말이 자신을 농락하려는 농담일거라 짐작하고 불쾌감을 느꼈었다. 당연했다. 그녀의 상식에 의하자면 루나티카라는 땅도 없었고, 황태자라는 사람이 자신과 마주 앉아 식사를 할 거라는 생각은 해 보지도 못했으니까.

'그런데 그 말이 전부 사실이었어.'

그녀는 새삼스러운 눈길로 시슬란을 보았다.

솔직하지 못한 목적을 가졌던 당시의 자신을 향해서도

내내 솔직한 대답을 돌려주었던 남자. 그런 이 남자를 이해하지 못했던 자신…….

그런데 이 남자는 또다시 솔직함으로 그녀를 대하고 있었다. 자신의 모든 것을 당당히 밝히고, 그녀를 다시 한 번 배려하고 있었다.

너무나 과분한 호의, 친절함.

그러고도 아무런 대가도 바라지 않는 이 남자…….

그녀는 일렁이는 눈동자로 시슬란을 마주 보았다.

나, 그래도 되나요? 당신의 그 호의, 받아도 되는 건가요? 내게 그럴 자격이…… 있나요?

카탈리나가 눈빛으로 물었다.

하지만 시슬란은 대답 대신 자신이 생각하던 또 다른 이야기를 꺼냈다.

"그리고 또 하나, 추진했으면 하는 일이 있어. 그대가 루나의 왕위를 물려받는 것은 그다음이다. 이번에 하려는 일이 제대로 성사되어야 내가 루나티카로 돌아갈 수 있을 테니까."

서두를 언급한 그가 생각을 정리했다.

사실 그는 알카즈의 앞바다에서 거미여왕 칼라를 처단했을 때부터 이런 생각을 하기 시작했다.

너무나 은밀한 존재인 부활의 사도.

저들의 뒤꽁무니나 쫓는 것만으로는 한계가 명확하다고.

부활의 사도는 너무나 은밀했다. 심지어 솔라리스의 거의 모든 국가, 거의 모든 사람이 이들의 존재 자체를 몰랐다. 그것도 지난 수백 년 세월 동안이나.

그런 만큼 정상적인 방법으로는 이들의 뒤를 캐거나 추적하는 것이 거의 불가능했다. 그래서 지금까지는 시슬란도 부활의 사도가 먼저 접근해 오길 기다렸다가 역공을 취하는 방식을 사용했다.

그러나 이 방법엔 문제점과 한계가 뚜렷했다.

수동적이라는 것.

저들이 먼저 다가오길 기다려야만 하는 처지인 탓에 부활의 사도가 작정하고 수면 아래로 숨어 버리면 이쪽에서는 저들을 찾을 방법이 없게 되는 것이다.

그것이 싫었다.

'이제부터는 방식을 바꿔야겠어.'

그는 생각했다.

무작정 부활의 사도와 그들의 단서를 찾아다니는 것은 이제 그만두어야겠다고. 대신 그들이 이쪽의 이목에 걸릴 수밖에 없도록 거대한 그물을 쳐야겠다고.

솔라리스 전체를 장악할 만한 그물을.

"그래서 나는 생각했어. 어떻게 하면 그들이 어디에서

무얼 하건 그들에 관한 모든 것을 파악할 수 있을까. 정보? 솔라리스 전체를 아우를 만한 정보 조직을 키울까? 엄청난 자금이 들겠지만 불가능하지는 않아. 하지만 그것으로는 부족해. 기존의 모든 정보 길드를 통합해도 부활의 사도에 대해 알아낼 수는 없을 거야. 게다가 그런 정보 조직을 다른 국가들이 그냥 놔둘지도 회의적이고. 그렇다면 어떻게 해야 할까? 수없이 생각했어. 그리고 마침내 결론을 얻었지."

타닥, 타닥⋯⋯.

벽난로 속의 불길은 여전히 이글거리고 있었다.

묘한 운율을 실은 듯한 시슬란의 목소리는 때론 힘 있게, 때론 신비롭게 좌중을 휘어잡아 갔다. 그는 일행 모두와 차례로 눈을 맞추며 말을 이었다.

"그래서 내가 얻은 결론은 이거야. 그들, 부활의 사도가 어디에 숨건 절대로 몸을 숨길 수 없게 만드는 절대적인 방법, 그것은 바로 내가 솔라리스 전체를 지배하는 것이겠지."

"⋯⋯!"

처음엔 의아했다.

그러나 몇 초가 흐른 뒤, 그 말뜻을 깨달은 모두가 호흡을 잊었다.

벽난로의 모닥불조차 타오르는 것을 잊을 정도였다.

절대에 가까운 무거운 적막 속에서 오로지 시슬란의 목소리만이 미증유의 마력을 실은 듯 모두의 귓가에 선명하게 파고들었다.

"땅도, 바다도, 하늘도, 나아가 땅속까지도……. 가장 높은 이의 화려한 궁궐도, 가장 낮은 이의 거적 속 곰팡이까지도, 심지어 모두가 호흡하는 공기마저도……. 모든 것을 손에 넣는다면, 솔라리스의 모든 것을 손에 쥐게 된다면……. 부활의 사도가 어떤 일을 꾸미건, 어떤 행동을 하건, 그 모든 것이 나의 소유 안에서 일어나는 일이 되겠지. 그거면 돼."

부활의 사도가 아무리 은밀하고 비밀스럽다고 해도 결국은 솔라리스라는 세계에 속한 존재일 뿐이었다.

그렇다면 솔라리스라는 세계 자체를 손에 넣으면 된다. 그러면 그 속에 속한 부활의 사도도 자연히 그의 손아귀에 있게 된다.

지극히 단순한 발상이었다.

그러나 그 속에 담긴 절대적인 효과를 생각하자 모두는 망치로 가슴을 맞은 듯 숨을 쉬기 어려웠다. 오만한, 그러나 이 남자라면 허황된 말이 아닐 것 같은 느낌이 강하게 들었기 때문이다.

사실 카탈리나 등이 간과하고 있었지만 시슬란은 뼛속부터 철저하게 전제군주인 남자였다.

그럼에도 그것을 주위 사람들이 잘 알아차리지 못하는 이유는 간단했다. 그가 폭군이 아닌 성군의 자질을 지녔기 때문이다.

그러나 성군이라고 해서 전제군주가 아닌 것은 아니다. 오히려 어떤 통치자보다도 더욱 철저하게 전제적이기에 성군일 수 있는 것이다.

하지만 그렇다고 해서 솔라리스 전체를 지배하겠다니? 그게…… 현실적으로 가능한 일인가?

그러나 그것도 사실은 카탈리나 등이 시슬란에 대해 잘 모르기에 떠올릴 수 있는 의문이었다.

하나의 대륙을 여러 국가가 지배하는 솔라리스와 달리 시슬란의 고향 루나티카에는 국가라곤 오로지 루나티카 황실밖에 없다.

즉 대륙, 더 나아가 세계 전체를 하나의 왕조가 지배하고 있는 셈이다.

그러니 그곳의 황제는 세계의 지배자이며, 신이다. 그 누구보다도 막강한 권력을 지니는, 그야말로 천상천하 유아독존의 존재인 것이다.

시슬란은 그런 존재의 후계자인 황태자였다.

그 말인즉, 다음 대의 세계의 지배자이며 신이나 다름없는 존재가 될 사람이었다는 뜻.

그래서 사실 솔라리스의 국왕들도 시슬란이 보기엔 루나티카의 일개 지방 영주 정도로밖에 보이지 않았다.

대륙 전체를 지배하는 일도 마찬가지였다.

카탈리나 등에게는 한참이나 상식을 초월하는 일이겠지만, 시슬란에게 있어 솔라리스 대륙 전체를 지배하겠다는 발상은 지극히 현실적이고 익숙한 것이었다.

루나티카에선 당연했던 것이니 여기서라고 못 할 것이 없는 셈이다.

게다가 시슬란은 자신의 일을 방해하는 부활의 사도에 대해 상대적 우위에 설 목적으로 지배를 결심했다. 따라서 그 지배의 시효는 시슬란 자신이 모든 일을 마치고 루나티카로 돌아갈 때까지만이다.

장기 집권이 아니라 일시적으로 영향력을 발휘하는 것이니 아무래도 실제로 제국을 건설하는 등의 일보다는 훨씬 부담이 없었다.

하지만 여전히 의문은 남았다.

"대체 어떻게 할 생각이죠?"

카탈리나가 물었다.

"어떻게?"

시슬란이 희미하게 웃었다.

"하나씩 차근차근 시작해야겠지? 그렇다면 당연히 시작은 돈이겠지."

그는 이미 답을 준비해 두었다.

솔라리스 전체를 아우를 수 있는 거대한 자금을 마련하는 방법. 조건만 갖춰진다면 솔라리스의 모든 물길을 이어 줄 수 있는 오아시스.

시슬란은 일행을 데리고 사막 도시 마테온으로 돌아갔다. 그리고 그곳에서 베르디스호를 호출했다.

그때까지만 해도 사람들은 몰랐다.

함께한 일행도 마찬가지였다.

그것이 사실 무역 업계에 전무후무한 대기록의 시작이었음을…….

6장.

새로운 무역의 시작

1

유티스 항구는 솔라리스 대륙 동남부의 6대 항만이라 불리는 도시 중의 하나였다. 말이 6대 항만이지 사실은 그중의 끄트머리 말석을 겨우 차지하고 있을 뿐이지만, 그것만으로도 이 항구의 규모는 대단했다. 특히 지금과 같이 한여름이면 라임 차(Lime Tea)의 무역 거래 때문에 항만이 미어터질 듯했다.

항만이 붐비니 그곳에서 일하는 자들도 덩달아 바빠졌다.

"이 말 뼈다귀 놈들! 어제 또 들이마셨냐? 엉?"

유티스 항만 부두의 하역꾼 조장 제노 영감은 미덥지 않은 눈으로 일꾼들을 째려보았다. 올해 63세인 그는 반평생을 부두의 하역꾼으로 살아오며 잔뼈가 굵은 사내였다.

그런 제노가 도끼눈을 뜨자 몇몇 젊은 하역꾼들이 목을 움츠렸다.

딱! 딱! 딱!

제노 영감이 눈짓을 주고받던 세 젊은이의 뒤통수를 사정없이 때렸다.

"으이그! 내가 이놈들을 데리고 뭘 하겠다고, 쯧쯧! 보기도 싫다. 어서 꺼져라, 이것들아. 아 참! 조합장이 아까 네놈들을 찾더라."

"예? 저흴 무슨 일로……."

"지난달 삯이 밀렸다며? 그거 챙겨 주려나 보다."

"아, 예!"

영감에게 혼이 나면서 풀이 죽어 있던 젊은이들의 표정에 활기가 돌았다. 제노 영감은 희희낙락하여 떠나는 젊은이들의 뒤통수에 대고 소리쳤다.

"돈 받았다고 또 퍼마시지 말고!"

젊은이들은 싱글벙글 손을 흔들며 모퉁이로 사라졌다.

"어이구, 쯧쯧. 저래서야 장가라도 갈까."

제노 영감도 노곤한 몸을 이끌고 창고를 나섰다.

항구의 풍경이 보였다. 실로 아름다웠다. 제노 영감이 가장 좋아하는 풍경이기도 했다. 그중에서도 영감이 특히 구경하기 좋아하는 것은 배였다.

'저 배는 정말이지…… 예술이구먼.'

제노 영감의 시선이 닿은 곳에는 멀리서 보아도 눈에 확 들어오는 거대한 함선이 한 척 있었다.

유티스 항구에 정박한 지 이틀 정도 된 함선이었다.

저 함선에 비하자면 근처에 정박하고 있는 상선이나 군함들은 전부 조악한 나뭇조각에 불과해 보였다. 그만큼 함선은 아름다웠고, 웅장했다.

붉은 노을 아래, 그보다 더욱 붉은빛으로 펄럭이는 돛이 보였다. 돛은 원래부터 붉은색이었는데, 특히 저녁노을이 질 무렵에 보면 그 색은 가히 흘러내리는 선혈을 떠올리게 하였다.

"허허, 정말이지…… 대단하군, 대단해."

홀린 듯이 붉은 함선을 구경하던 제노 영감은 결국 더 참지 못하고 부두로 내려가 붉은 함선을 향해 걸음을 재촉했다. 마침 그 배의 선원들이 지나가고 있었다.

"이보게들, 말 좀 물어보세."

제노 영감이 서둘러 그들을 붙잡았다.

"이보게들, 대체 이 배의 이름은 뭔가?"

"이 배 말이오? 베르디스호요."

"베르디스? 자네들은 이 배의 선원들인가?"

"그렇소만?"

"허어, 부럽구먼. 이런 배를 타고서 바다를 호령할 수 있다니."

선원들의 얼굴에 쑥스러움 반, 자부심 반인 표정이 떠올랐다.

"그래, 그럼 이 배도 라임 차를 실으러 온 건가?"

"오늘 밤 출항할 것 같소."

"그렇군. 그래, 고마우이."

베르디스호의 선원들은 영감에게 목례하고는 배에 올랐다. 제노 영감은 근처에 머물며 한참이나 배를 구경하고 감탄하기를 반복했다.

그날 밤, 제노 영감은 출항하는 베르디스호의 모습을 아쉽게 바라볼 수밖에 없었다.

'쩝, 언제 다시 볼 수 있으려나.'

영감은 멀어지는 베르디스호의 모습에서 애써 시선을 돌렸다. 언젠가 다시 저 배를 구경할 수 있길 바라며.

그런데 이튿날.

놀랍게도 제노 영감의 소박한 꿈은 곧바로 현실이 되었다.

새벽부터 항만의 일터로 나온 영감은 아침 햇살을 뒤로 받으며 입항하는 베르디스호의 모습에 놀라 두 눈을 부릅떴다.

'적재한 물건에 무슨 이상이라도 생겼나?'

그것 외에는 저 배가 돌아올 이유가 떠오르지 않았다.

영감은 베르디스호가 있는 곳으로 걸음을 재촉했다. 마침 어제 본 베르디스호의 선원들이 보였다.

"어이, 이보게들."

"어? 영감, 또 봅니다?"

환하게 웃으며 반기는 선원들을 향해 영감이 걱정스럽게 물었다.

"그런데 자네들, 어째서 하루 만에 돌아온 건가?"

말이 하루지, 저녁에 출발했다가 아침 일찍 돌아왔으니 정확히는 반일 만이다.

선원들이 서로를 돌아보며 잠깐 난처한 표정을 지었다.

"혹시 선적한 라임 차에 문제라도 생겼나?"

"아니, 그건 아닌데……."

영감의 물음에 선원들이 대답을 얼버무렸다. 어떻게 대답해야 할지 모르겠다는 분위기였다.

그때였다.

"크하하하핫! 그 이유가 궁금하오?"

요란한 웃음소리와 함께 검은 곱슬머리에 콧수염을 기른 사내, 블랙비어드 선장이 금니를 반짝거리며 베르디스호에서 내렸다. 그가 제노 영감의 어깨에 팔을 턱 두르며 자랑하듯 껄껄 웃었다.

"흐흐흐, 들어도 믿지 못할 거요. 왜냐! 나 블랙비어드 선장과 베르디스호는 솔라리스 최고속 함선의 명예에 어울리는 업적을 지난밤에 이뤘다오."

"업적?"

"그렇소, 업적. 듣고 싶소? 그래, 말해 주지. 크흐흐흣! 믿을지는 모르겠지만 베르디스호는 어젯밤에 토르 왕국에 도착하여 라임 차를 모두 하역하고 그곳에서 주괴를 구입하여 서북부의 로테르담 항구에서 처분한 다음 다시 모피를 사서 이곳으로 돌아오는 길이오."

"……."

제노 영감이 멀뚱한 눈으로 선장을 빤히 보았다.

그의 반응은 간단명료했다.

"선장, 약 먹나?"

"……."

"보아하니 열은 없는데, 커흠!"

영감은 못 볼 인간과 상종했다는 듯 자신의 어깨를 두르고 있는 선장의 팔을 슬그머니 밀어냈다.

선장이 피식 웃었다.

"흐흐, 내 말이 거짓말 같소? 못 믿으시나 보군."

"에잉, 퉤! 나 아직 노망 안 들었네."

"으음, 하긴……."

선장은 뒤늦게 자신의 실수를 인정했다. 믿어지지 않는 업적을 이룬 덕에 너무 흥분하여 막 떠벌리고 만 것이다.

희희낙락하던 선장의 표정이 싹 바뀌었다.

"아, 내가 노인장에게 실언을 한 것 같소. 사실은 풍랑을 만나 라임 차를 모두 물에 빠뜨렸거든. 실망이 너무 커서 잠깐 제정신이 아니었소이다. 커흠, 흠!"

제노 영감은 그럼 그렇지, 하는 표정으로 그를 보다가 자기 일을 하러 자리를 떴다.

"흐음……."

뱃전에서 제노 영감이 가는 모습을 보던 블랙비어드 선장은 주먹으로 관자놀이를 문질렀다. 흥분해서 저지른 실수를 반성하는 것이었다.

그런 그를 항해사가 불렀다.

"선장님, 하역 준비 다 됐습니다."

"그래?"

"예."

"그럼 어서 서둘러야지. 자, 자, 다들 일할 시간이다. 뭣들 하고 있나? 빨리빨리! 우리의 구호를 잊었나? 서둘러라! 빨리 짐들 내리고!"

"옛!"

선장의 지휘에 따라 선원들은 일사불란한 호흡을 선보이며 선창 가득 적재되어 있는 짐을 부두로 내리기 시작했다.

그 짐은…… 여우 가죽 모피였다.

여우 가죽 모피는 솔라리스 대륙의 서북 항로, 이곳 유티스 항구와는 가장 먼 곳에 있는 항구, 로테르담의 특산물이기도 했다.

2

'이건 대박이다!'

하역을 마친 블랙비어드 선장은 장부를 정리하다가 어깨를 부르르 떨었다. 그러지 않을 수가 없었다.

사실 베르디스호의 행적은 선장이 제노 영감에게 말했던 그대로였다. 선장은 거짓말을 하지 않았다. 실제로 베르디스호는 선장이 말한 경로를 그대로 움직였고, 교역했다. 그것도 불과 하룻밤 사이에.

그런데 베르디스호는 어떻게 해서 이런 말도 안 되는 일을 해낸 것일까.

탕탕탕!

"선장님, 준비 완료되었습니다!"

밖에서 항해사의 다급한 목소리가 들려왔다. 흡사 무언가에 쫓기기라도 하는 듯 초조한 음성이었다.

기실 이것은 항해사만의 문제가 아니라 베르디스호 선원들 대부분이 가지고 있는 특징 중의 하나였다. 하도 빨리빨리를 외쳐 대는 선장의 닦달에 시달리다 보니, 무얼 해도 서두르는 습관이 아예 몸에 배어 버린 것이었다.

"음, 그래, 좋아! 준비 다 됐다고?"

"예, 전부 실었습니다."

"그럼 출항해야지?"

"벌써 출항시켰습니다."

아닌 게 아니라 베르디스호는 벌써 유티스 항만의 내항을 빠져나가고 있었다.

항해사를 돌아보는 선장의 눈빛에 흡족함이 떠올랐다.

"자네, 이제 뭘 좀 아는군?"

"후우, 부끄럽습니다."

"그래도 아직 많이 모자라. 짐 내릴 준비는 아직 안 했지?"

물건을 산 항구를 떠나지도 못했는데 벌써 도착할 항구

에서 짐 내릴 걱정을 한다. 하지만 그 어이없는 힐난에도 항해사는 감탄하는 표정이 되었다.

"아, 그건 미처 생각 못했군요."

"그래서 아직 자네가 항해사밖에 못 되는 거야."

"더 노력해 보죠."

"아암, 그래야지."

과거 망각의 섬에서부터 함께 모험했던 애꾸 항해사는 아직도 자신이 모자란 점이 많다고 반성하며 선원들에게 지시를 내렸다.

그사이 베르디스호는 통상적인 항로를 벗어나 남하했다.

다른 상선들의 눈에 띄지 않는 곳에 도착하자 블랙비어드는 선원들에게 묘한 지시를 내렸다.

"야, 다들 꼭 붙들어 매라."

"옙!"

어쩐 일인지 선원들은 사색이 되어 밧줄로 자신의 몸을 묶고는 난간 등에 고정했다.

한편, 선장실로 들어간 블랙비어드는 한쪽 벽에 드리워진 휘장을 걷어 냈다.

촤악!

벽에는 예전엔 없던 테이블 크기의 인장이 새겨져 있었다. 인장의 복잡한 무늬를 따라 선장의 손가락이 정확하게 움직였다.

그의 손가락이 움직이는 길을 따라 인장에서 푸른빛이 흘러나왔다.

선장이 한숨을 푹 쉬었다.

"에휴, 아무리 그래도 이 짓을 또 해야 하나……."

어느새 선장도 미리 준비한 밧줄로 자신의 몸을 묶어 벽장식에 고정했다. 그리고 나서야 인장을 향해 눈을 질끈 감고 말했다.

"이동 요청. 서부의 바베이도스 섬 앞바다!"

『베르디스호의 이동지, 바베이도스 섬 앞바다, 맞습니까?』

인장에서 반응이 왔다.

"그래, 맞다니깐!"

『이동합니다.』

선장이 이를 질끈 깨물었다.

그리고 전신을 거칠게 몰아치는 충격!

쿠우우우우웅!

"……!"

베르디스호 전체가 엄청난 진동에 휩싸였다.

그리고 빛과 함께 그 자리에서 사라졌다.

파앗!

붉은 전투함이 있던 자리에는 세찬 파도만 남아 출렁이고 있었다. 심지어 돛대 위에 앉아 있던 갈매기 몇 마리도 배와 함께 사라졌다.

그렇게 베르디스호는 마테온의 오아시스, 그곳에 서 있는 낙월의 등대를 이용하여 순식간에 대륙 서부 바베이도스 섬의 앞바다로 이동할 수 있었다.

물론 부작용도 있긴 했다.

"크으어어어······!"

선장을 포함한 선원 모두가 심각한 멀미를 느끼는 것!

모두가 뱃일로 평생 단련된 베테랑임을 감안한다면, 정말로 심각한 수준의 엄청난 뱃멀미였다.

"우웨에에엑!"

『야, 갑판에 토하면 죽여 버린다!』

베르디스호의 타락 천사 선수상이 서부 해안의 파도를 뚫고 전진했다.

3

베르디스호는 그야말로 동분서주했다.

아침엔 대륙의 동쪽 항구에서 짐을 실었다가 저녁엔 서

쪽의 항구에서 짐을 풀었다.

당연히 돈이 쌓여 갔다.

그냥 쌓이는 것이 아니라 산더미처럼 쌓여 갔다.

불과 열흘 만에 기존의 1년 치 무역 거래량을 넘어섰다.

한 달이 지나고 보고서를 받아 든 시슬란은 만족스러운 웃음을 지었다.

기대 이상이었다.

베르디스호는 불과 한 달 만에, 기존 2년 치 무역 거래량을 기록했다. 아직은 연못의 능력을 이용한 무역 루트를 이리저리 시험해 보고 있어서 그렇지, 경험이 쌓이면 한 달에 4년 치 거래량도 불가능한 일이 아닐 것이다.

그렇게 1년만 열심히 하면…… 거의 수십 년 거래량을 단 1년에 기록하게 되는 것도 꿈은 아니리라.

그런데도 시슬란의 표정은 여전히 밝지 않았다.

'역시 아직은 한참 부족하군.'

베르디스호의 수십 년 거래량이라고 해 보았자 기존 중소 국가의 몇 년 예산 정도다. 시슬란이 원하는 기준으로 보자면 한참이나 미달인 셈이다.

그러나 시슬란은 걱정하지 않았다.

슬슬 조짐이 보이고 있었다.

어떤 조짐?

똑똑똑.

노크 소리와 함께 전령이 집무실로 들어왔다.

"폐하께 영광을. 보고드립니다. 현재 인근 항구를 중심으로 해서 괴상한 소문이 번지고 있습니다."

"소문?"

"예, 그렇습니다. 베르디스호가 악마와 거래하고 있다는 소문이 빠르게 번져 가고 있는 것 같습니다."

"그래? 잘됐군. 물러가 보도록."

소식을 전한 전령은 대체 뭐가 잘됐다는 건지 어리둥절한 얼굴로 물러났다.

"악마와 계약이라……."

찻잔을 내려놓으며 시슬란이 싱긋 웃었다. 상황은 자신이 예상한 그대로 흘러가고 있었다. 그의 예상대로 악의를 담은 소문이 들불처럼 번져 가고 있는 것이다.

의심, 특히 질투와 질시를 기반으로 한 의혹은 쉽게 증폭된다. 베르디스호를 향한 의혹의 시선은 날이 갈수록 짙어질 것이다.

실제로 붉은 함선이 올리는 엄청난 무역 이익에 경쟁심과 질시를 느끼는 이들에 의해 지금 이 순간에도 소문은 증폭되고 있었다.

그런데 그런 악의적인 소문에 어째서 시슬란은 흡족해하

는 것일까?

'결과를 위해선 잠시 악당이 되어 줘야지. 얼마든지.'

그는 이 상황을 이용할 생각이었다. 그래서 소문이 퍼지는 것을 내버려 뒀다. 아니, 오히려 더욱 부추겼다.

그 결과가 얼마 지나지 않아 드러났다. 시슬란이 베르디스호에 관한 소문을 보고받은 지 정확히 닷새째 되던 날, 신성 교국 알칸사스의 대예배실에서 교황이 설교 중에 시슬란에 대해 언급했다.

"그 배는 저주받았습니다. 악마의 혓바닥에 물들었습니다. 이것은 명백한 이단입니다. 그 악마를 부른 것이 바로 루나 왕국의 새로운 왕입니다. 그는…… 신의 섭리를 거부한 타락자이며 배교자이자 이단자입니다."

황송하게도 교황은 루나 왕국과 국왕에게 이단의 낙인을 찍어 버렸다.

4

"성공입니다."

화려한 샹들리에, 그 불빛 아래의 실내는 더욱 화려하기 그지없다.

바닥에 깔린 카펫은 발목까지 잠길 정도로 부드럽고 풍성한 북해 스노우베어의 가죽이었고, 벽면을 장식한 각종 태피스트리와 장식은 각각 국보라 불릴 수도 있을 정도의 뛰어난 예술성을 자랑하는 것들이었다.

그 중앙에 세워진 기다란 테이블 또한 범상한 것이 아니었는데, 그것은 놀랍게도 통째 황금으로 주조된 테이블이었다. 게다가 상판에는 은과 루비, 에나멜과 산호, 에메랄드 등 각종 보석을 이용하여 커다란 사자의 얼굴을 통째로 새겨 넣었다. 그야말로 호화의 극치이며 화려함의 종결이라 할 만하였다.

그런데 이곳에 모인 자들은 더욱 범상치 않았다.

그토록 화려한 테이블에 아무런 아쉬움도 없이 두 다리를 쭉 뻗어 뒤꿈치를 걸친 사내는 이 방의 주인이었다. 그리고 나머지 두 남자도 각기 방만한 자세로 테이블에 팔꿈치를 괴거나 심지어 먹던 음식을 흘리기까지 했다.

하지만 그들에게는 그럴 자격이 있었다.

이들은 솔라리스 대륙의 가장 거대한 상회의 주인들이었다. 어지간한 중소 국가의 국왕보다도 더욱 많은 권력과 자금을 틀어쥐고 있으며, 이들 셋이 뭉치면 강대국조차도 함부로 이들을 대하기가 힘들어질 정도였다.

당연했다. 이들의 세 가문이 솔라리스 전체 무역의 약

40퍼센트를 장악하고 있으니까. 이들이 합심하여 어느 항로나 무역 루트를 완전히 독점해 버리면 작은 나라 하나를 경제적으로 붕괴시키는 것도 가능하니까.

"교황이 정말로 움직였더군요."

세 남자 중의 난쟁이 사내가 테이블에 올린 팔꿈치를 당기며 말했다. 그는 대륙 삼대 상회 중에서 세 번째를 차지하고 있는 쟈콥슨 상회의 주인, 키린 쟈콥슨이었다.

"내가 힘 좀 썼소."

대답하는 이는 무척 뚱뚱한 사내였다. 그가 앉아 있는 의자가 위태롭게 느껴질 정도로 지나치게 뚱뚱했는데, 그런 것은 신경도 쓰지 않는 듯 먹고 있던 음식을 한입에 해치웠다. 그는 삼대 상회 중의 두 번째인 비드만 상회의 주인, 조나스 비드만이었다.

"후후후, 다들 수고 많았네."

마지막까지 입을 다물고 있던 깡마른 사내, 대륙 삼대 상회의 수좌인 드레스덴 상회의 주인, 바르사 드레스덴이 콧수염을 매만지며 희미하게 웃었다.

난쟁이 키린이 대답했다.

"그런데 이럴 필요가 있었는지 의문이 듭니다만."

"왜지?"

"이상하지 않습니까."

자신을 돌아보는 둘을 향해 키린이 말했다.

"우리의 힘이면 무역 봉쇄를 해 버리든가 해서 직접적인 타격을 줄 수도 있을 텐데, 왜 교황을 이용한 겁니까?"

"정말 몰라서 그러오?"

조나스 비드만이 입맛을 쩝쩝 다셨다.

"지금 우리가 나서 봤자 손해만 볼 거요. 안 그렇소? 루나리언 상회인지 뭔지 하는 저놈들은 지금 우리가 모르는 방법을 사용해서 무역을 하고 있다고. 그러니 일단 교황과 교국을 이용해서 찔러 보는 거요. 그러면 뭔가 반응이 나오겠지. 우리는 가만히 놈들을 주시하면서 그 반응을 통해 붉은 함선이 어떻게 하루 만에 항구를 이동하는지를 알아내면 되는 거고."

"물론이다."

바르사 드레스덴이 만족스러운 웃음을 지었다.

"항구 이동의 비결을 알아내고 난 다음이다, 놈들을 말려 죽이는 것은."

"과연, 그렇군요."

"재미있겠소. 후후후……."

세 사람은 와인 잔을 들어 올리며 희게 웃었다.

5

같은 시각, 시슬란 때문에 명목상으로나마 루나 왕국의 국왕 역할을 하고 있던 전직 모험가이자 제빵사 사뮤엘은 대혼란에 빠져 있었다.

'내가 왜! 왜 이단인 거지?'

전엔 귀족 연합군이 자신을 왕국의 공적으로 삼아 토벌하러 오더니, 이제는 교황청에서 자신더러 이단이란다.

남들은 얼결에 국왕이 된 그를 부러워하고 시기하기도 하지만, 사실 그는 이 자리가 전혀 기쁘지 않았다.

'시슬란 님은 대체 왜 이런 자리를……. 이러다가 진짜 수명이 줄어들겠어. 진짜 빨리 다른 분께 자릴 넘기든가 해야지, 아무리 생각해도 이건 내가 있을 자리가 아니야.'

최근 스트레스 때문인지 쿡쿡 쑤시기 시작한 위장을 쓰다듬으며 그는 소란스러운 회의실을 돌아보았다.

회의실에선 지금 격론이 한창이었다.

물론 교황의 이단 발언 때문이었다.

"이제 우리 왕국 전체가 이단으로 몰릴 수도 있겠지요?"

"그렇습니다. 당연하지요. 우리의 폐하께서 교황의 입을 통해 이단으로 낙인찍혀 버리셨으니……."

"아아, 이 일을 어찌하면 좋을지."

대부분이 사슬란의 난민 캠프 출신이거나 재야의 학자들이었다. 그들 모두의 표정이 하나같이 어두웠다. 지식이 풍부한 자건, 현장 경험이 풍부한 사람이건 모두가 그랬다.

이유는 간단했다.

이단.

그 말의 의미를 이 자리의 모두가 너무나 잘 알고 있는 까닭이었다.

솔라리스의 모든 국가가 신성 교국을 인정하고 주신을 신봉하는 만큼, 교황의 영향력은 절대적이다. 그의 호소 한 번이면 국경을 초월하는 거대 규모의 토벌군이 편성될 수도 있었다. 아마도 그 토벌군은 성전이라는 이름의 전쟁을 선포하고 이곳으로 쳐들어올 수도 있으리라.

그런 생각을 떠올리자 신료들의 등에 식은땀과 소름이 돋아났다.

종교는 맹목적이다.

한없이 자비롭기도 하지만, 잔인해질 때는 종교만큼 잔인한 것도 드물다. 특히 그 종교가 배타적인 성격이 강할 때는 더욱 그러했다.

그리고 주신은…… 이단자에게 용서가 없는 것으로 가장 유명하다.

저들은 용서하지 않을 것이다. 모든 생명의 씨를 말릴 것이다. 사람은 물론이고 루나 왕국에 사는 마지막 개 한 마리까지도 찾아내서 학살할 것이다. 가장 허름한 헛간조차도 불태워서 지워 버릴 것이다. 왕국이 있었다는 기록조차 불살라질 것이며, 이곳의 이름은 역사와 기억에조차 남지 않게 될 것이다.

회의실에 무거운 침묵이 내려앉았다.

누군가가 침묵에 짓눌려 간신히 입을 열었다.

"이럴 때 시슬란 님은 대체 무슨 생각을 하시는 건가? 대체 그분은 지금 어디에 계신 건가?"

그때였다.

"그분이라면 벌써 출발하셨습니다."

끼이익.

여자 두 명이 회의실 문을 열고 들어왔다.

그 중 한 명은 단정하며 품위 있는 정복을 갖춰 입은, 물결치는 붉은 머리칼의 여인은 카탈리나였다.

"그분께서 출발하셨다니, 그게 무슨 말이오?"

어느 신료가 굳은 표정으로 물었다. 여인이 함부로 국왕의 회의실에 들어왔다는 선입견 때문일까, 그의 목소리에서 호의라고는 찾아볼 수 없었다.

그러나 카탈리나는 개의치 않았다.

"말씀 그대로예요. 시슬란 님께서는 오늘 아침에 윈덤을

출발하셨으며, 지금은 목적지인 프라체를 향해 움직이고
계시겠지요."

"프라……체?"

프라체, 상인의 도시.

"그런데 시슬란 님께서 그곳엔 무슨 일로? 아니, 그보다
숙녀분은 누구이기에 함부로 이 회의실에 들어와 그분의
소재를 언급하는 것이오? 그리고 왜 우리 국왕 폐하께 예
를 표하지 않는 것이오?"

"아, 그러고 보니 아직 제 소개를 안 했군요."

카탈리나의 입가에 은은한 미소가 떠올랐다.

동시에 그녀의 곁에 선 또 한 명의 여인, 예식 군복을 갖
춰 입은 야니카가 한 걸음 앞으로 나섰다.

"이분의 성함은 카탈리나 에스칸테 폰 로젠, 로젠 백작
가의 여백이십니다."

신료들이 눈을 부릅떴다.

과거 토르 왕국의 서부를 방어하던 황혼의 방패, 그 가문
의 가주를 실제로 만나는 것은 그들로서도 처음이었다.

그렇기에 신료들이 얼떨떨해하는 사이, 야니카를 대동한
카탈리나는 너무나 자연스러운 걸음으로 회의실을 가로질
렀다. 그녀의 걸음이 향하는 곳엔 회의실의 가장 높은 자리
에 있던 국왕 사무엘이 있었다.

그녀는 사뮤엘을 향해 살짝 몸을 숙여 국왕에 대한 예를 표했다.

"로젠 백작가의 카탈리나 에스칸테 폰 로젠이 루나 왕국의 국왕을 뵙습니다."

"아? 아, 반갑구려."

사뮤엘은 떠듬거리며 간신히 그녀의 인사를 받았다.

카탈리나를 보는 그의 눈빛은 한편으로는 멍하면서도 다른 한편으로는 반짝거리고 있었다. 카탈리나를 처음 본 순간부터 어떤 종류의 예감을 느낀 까닭이었다.

'혹시, 저 여자가 내 자리를 이어받는 건 아닐까?'

그저 밑도 끝도 없는 단순한 예감?

그 스스로도 이유를 알 수 없었다.

하지만 확실한 것은 카탈리나를 본 순간에 문득 그런 생각이 떠올랐다는 것이다.

그리고 이제 그녀의 정체까지 알게 된 지금은 그 예감이 제법 강렬한 확신으로 바뀌는 중이었다.

그런데 참으로 이상한 일은, 막상 왕위를 이어받을지도 모를 사람과 대면하게 되자 조금 전까지만 해도 귀찮게만 느껴졌던 왕위가 아깝게 느껴지기 시작했다는 것이다.

그는 떠듬거리며 카탈리나에게 물었다.

"그런데 로젠 여백이 여기엔 어쩐 일이시오?"

"시슬란 님의 당부를 받아서 왔습니다."

카탈리나가 손에 들고 있던 서신을 공손히 바쳐 올렸다.

사뮤엘이 받아서 펴 보았지만, 서신 안에는 아무 내용도 없었다. 말 그대로 백지였다.

"이보오, 여긴 아무것도……."

사뮤엘이 눈썹을 찡그리려던 순간이었다.

샤아아아.

별안간 서신을 잡고 있던 사뮤엘 자신의 손그림자가 제 멋대로 일렁이는가 싶더니 서신 위에 그림자로 만들어진 글귀를 새겨 나갔다.

　　짐이 부재중일 때의 모든 국정은 여백과 상의하길
　바란다.

"헉?"

사뮤엘도, 그걸 옆에서 보던 시종장도 눈을 부릅떴다.

이렇게 그림자로 글씨를 새길 수 있는 사람은 오로지 시슬란밖에 없다. 그걸 눈으로 직접 확인한 이상, 반발할 수 있는 신료는 아무도 없었다.

그들은 새삼스러운 눈으로 카탈리나를 보았다.

"여백께서는 시슬란 님께서 프라체로 떠났다고 하셨는

데, 그분이 무얼 위해서 가신 건지 아십니까?"

사뮤엘이 약간 떨떠름한 목소리로 물었다.

카탈리나가 우아하게 미소 지었다.

"네, 압니다. 그분께선 이렇게 말씀하셨습니다. '나는 이제부터 일시적으로 솔라리스의 모든 경제권을 손아귀에 넣기 위해 프라체에서 열리는 만국 상인 회의에 참석할 것이다.'라고 말이죠."

솔라리스의…… 모든 자금을?

상상도 해 보지 못한 그 이야기에 신료들은 멍한 표정이 되었다.

7장.

상인의 도시, 프라체에서

1

상인들은 눈치가 빠르다. 손해를 보지 않으려면 어쩔 수가 없다. 하물며 거대한 상회를 운영하며 정치적인 변동, 국제적인 알력, 새로운 유행의 탄생 등등 각종 변수를 예측해야 하는 무역상들은 더욱 그러하다.

분위기를 느끼는 그들의 감각은 거의 제2의 본능이라 해야 할 정도로 민감하며, 때로는 현자의 혜안에 비할 만도 하다.

특히나 이곳, 대륙 만국 상인 회의가 열리는 프라체의 본회의장에 모인 180명은 더욱 그러했다. 이들이야말로 솔라리스 대륙의 경제를 주름잡는 거물들이기에.

만국 상인 회의.

2년에 한 번 열리는 무역 상인들의 가장 큰 모임이었다.

이곳에서 무역상들은 새로운 계약을 체결하기도 하고, 앞으로의 경제적 동향을 민감하게 파악하기도 했다. 한마디로 앞으로 2년간의 솔라리스 경제 흐름을 결정짓는 회의라 볼 수 있는 중요한 행사였다.

그렇기에 본회의장에 들어올 수 있는 자격은 까다로웠다.

첫 번째, 상인 조합에서 인정하는 2개 이상의 무역로에서 지배적인 영향력을 행사하는 상회일 것.

두 번째, 연간 무역량 규모가 조합에서 지정하는 금액을 초과할 것.

위의 두 가지 조건을 모두 충족하는 무역상은 매년 숫자가 바뀌는데, 보통은 150명을 전후로 하는 경우가 대부분이었다. 올해는 그보다 조금 더 많은 180명가량이었다.

그런데 눈치라면 솔라리스에서 적수를 찾기 어려운, 시세에 그토록 민감한 최상위의 상인인 이들 180명도 한 사람의 등장만은 결코 예상하지 못했다.

"루나리언 상회의 시슬란 님이 입장하십니다."

연회장에 퍼진 목소리에 모두가 멈칫했다.

누구라고?

처음 머릿속에 떠오른 의문은 곧 경악으로 바뀌었다.

뭐?

무역상들 대부분이 연회장 입구를 쳐다보았다. 그리고 정말로 시슬란이 모습을 드러내자 불신의 눈빛을 드러냈다.

"이건 있을 수 없는 일이야."

누군가가 중얼거렸다.

대부분의 생각이 그와 같았다.

물론 시슬란도 올해의 참여 조건을 갖추었다. 그러나 그가 이곳에 나타나리란 예상을 한 상인은 아무도 없었다.

루나리언 상회는 교황이 앞서 했던 '이단' 발언의 핵심이었다. 처음 이단의 의혹을 받기 시작했던 것도 루나리언 상회의 베르디스호였기 때문이다. 그러니 당연히 그 상회의 주인인 시슬란 또한 절대로 이단의 의혹에서 자유로운 처지가 아니었다.

게다가 교황의 이단 발언은 사석에서의 언급이 아니라 알칸사스의 예배실에서 설교하던 도중에 꺼낸 말이었다. 교황의 설교는 주신의 말씀과 같다. 즉, 주신이 그를 이단이라 낙인찍은 것이다.

물론 여기 있는 상인 중에서 정말로 시슬란이 배교자라거나 이단이라는 생각을 하는 순진한 사람은 없다. 그들도 안다. 겉으로는 청렴한 척하는 교황이 사실은 마음속에 여우를 백 마리쯤 키우고 있는 사람이란 걸.

상계에 새로이 떠오른 루나리언 상회의 젊은 주인 시슬란, 그리고 그와 동반해서 나날이 강성해질 기미를 보이는 루나 왕국을 견제하기 위함이리라.

그것이 상인들 대부분의 공통적인 의견이었다.

그러나 시슬란이 이곳에 나타난 것은 전혀 다른 이야기였다.

상인들의 예측이 중요한 것이 아니다.

교황의 의도가 중요한 것이 아니다.

정말로 중요한 것은, 교황이 공식적인 석상에서 그를 이단이라 지목했다는 사실이다.

상인들과 달리 신앙심이 깊은 대부분의 성도, 교황이 정말로 주신의 현신이라 믿는 순진한 대다수의 백성은 교황의 발언만이 진실이라 믿는다. 시슬란은 사실과 관계없이 이단자가 되는 것이다.

이단의 멍에는 무섭다.

그래서 상인들은 시슬란이 곧바로 알칸사스의 교황을 찾아갈 거라 예상했다. 교황의 발아래 무릎을 꿇고, 그대의 신실한 종이 되겠노라 맹세하며 자신의 억울함을 호소할 것으로 생각했다.

그러면 교황은 괴로운 심정으로 그의 변론을 들으며 주신의 이름으로 이단자인 그마저 품에 안고 자비를 베풀 것이다.

주신과 교황은 자비심을 만방에 알리고 시슬란은 이단의 멍에를 벗는다. 아마도 일은 그렇게 진행될 거라 모두가 생각했었다.

그러나 틀렸다.

상인들의 예상을 비웃기라도 하듯, 지금쯤 알칸사스의 교황 앞에 무릎 꿇고 있어야 할 시슬란은 이곳 대륙 만국 상인 회의장에 당당하게 입장했다.

교황에게 비굴한 웃음을 보여야 할 그의 얼굴은 차가운 빛으로 상인들을 한 차례 쓸어 보았다. 참회의 눈물을 흘려야 할 그의 눈은 당당하다 못해 오만하기까지 했다.

그렇게 시슬란은 너무나 태연하게 연회장에 들어섰다.

그의 걸음이 움직이는 경로를 따라 진한 침묵이 내려앉았다. 누구도 그와 대화를 나누려 하지 않았기 때문이다.

그러나 그는 개의치 않았다. 연회장 한쪽에 조용히 서서 다른 상인들의 사업 발표를 묵묵히 경청했다. 아니, 경청하는지조차 알 수 없었다. 가끔 와인으로 입술을 축일 뿐, 회의 내용에 무관심한 모습만을 비쳤기 때문이다.

그런데 모두의 사업 발표가 끝난 이후, 아무도 예상치 못한 순간이 다가왔다.

시슬란이 뚜벅뚜벅 발표 단상 위로 올라간 것이다.

"……."

누구도 그를 말리거나 제지하지 못했다. 시슬란 또한 이 자리에 참석할 자격을 지닌 한 사람이기에…….

대체 무슨 이야기를 하려는 것일까.

설마 이단에 대한 변명이라도 하려는 걸까?

그러한 모두의 예상은 보란 듯이 틀렸다.

"내가 이 자리를 통해 제안하려는 것은 그대들의 선박을 하루 만에 대륙 끝에서 반대편으로 보내 줄 수 있는 대규모의 허브 항구(Hub-Port) 사업이다."

허브…… 항구?

상인들 대부분이 옆 사람의 얼굴을 마주 보았다.

"허브 항구? 그게 뭔지 아나?"

"나도 모르겠는걸. 자네는?"

"처음 들어 보네."

"그럼 일단 계속 들어 보세."

하루 만에 상선을 대륙 반대편으로 실어 보낼 수 있다는 말에 코웃음을 치려던 상인들이었다. 그런데 가만히 생각해 보니 그게 아니었다. 그걸 실제로 보여 준 배가 있었다. 바로 시슬란의 루나리언 상회 소속의 베르디스호였다.

그럼 설마 베르디스호가 맺었다는 악마의 계약의 전모를 말하려는 걸까?

그걸 직감한 상인들은 시슬란의 한마디라도 놓칠까 청각을 곤두세웠다.

"그대들도 허브(Hub)가 무엇인지는 알 것이다. 마차 등에 쓰이는 차륜, 즉 바퀴살의 중심축이지. 어느 한쪽 살에서 다른 살로 건너가려면 반드시 거쳐야만 하는, 그런 자리를 뜻한다."

샤아아아.

돌연 회의장 연단 위의 시슬란을 중심으로 바닥의 그림자가 기묘하게 일렁거렸다. 처음에는 다들 잘못 본 줄로만 알았다. 그런데 아니었다.

그림자가 불쑥 일어섰다.

"아, 아니?"

"저건 대체……!"

생전 처음 보는, 꿈에서나 생각해 보았을 법한 광경이었다.

놀란 상인들이 움찔거렸다.

그들의 호위들이 분분히 검을 뽑아 들고 시슬란을 경계했다.

그러나 시슬란은 태연한 얼굴로 그림자를 움직였다.

샤아아.

그림자는 꿈틀거리더니 광활한 사막의 풍경을 허공에 그려 냈다. 마치 직접 가서 보는 것 같은, 실로 정교한 그림이었다.

그것은 실시간으로 움직이는 입체적인 그림이기도 했다.

샤아아아.

사막 중심에 도시가, 그 곁에 오아시스와 작은 등대가 섰다.

마테온과 낙월의 등대였다.

"이것이 내가 소유한 허브 항구의 기본적인 모습이다."

그의 말과 함께 그림자가 계속 움직였다.

오아시스와 등대만 덩그러니 있던 풍경에 선착장이 들어서고 물류 창고가 세워졌다. 선원들과 하역꾼들을 위한 생활공간도 생겨났다.

상인들은 마치 홀린 듯 그가 그려 내는 광경을 바라보았다.

누군가가 떠듬떠듬 물었다.

"그런데 저게 항구란 말이오? 그저 불모지 가운데에 있는 작은 호수일 뿐인데 대체 어떻게?"

시슬란은 대답 대신 다음 광경을 보여 주었다.

샤아아아.

오아시스가 있는 곳과 동떨어진 곳에 바다를 항해하고 있는 배 한 척이 만들어졌다. 배는 파도를 가르며 열심히 항해하는 중이었다.

그러다가 갑자기 배가 사라지더니 오아시스에 나타났다. 그리고 다시 사라져 다른 쪽 바다 위에서 모습을 드러냈다.

"강이건 바다건 호수건 상관없다. 물이면 된다. 저 오아시스는 솔라리스의 모든 물길을 연결하는 힘을 지녔다. 이것이 바로 베르디스호가 하루 만에 여러 항구에 도착할 수 있었던 비결이다. 해서, 나는 이 허브 항구를 사용하고 싶은 이들과 개별적으로 이용권 계약을 체결하려 한다."

"……."

회의장은 깊은 침묵에 휩싸였다.

사실인지는 모른다.

거짓말일 수도 있다.

그러나 만약 사실이라면?

몇몇 상인들의 시선이 한쪽으로 모였다.

그들의 시선이 닿은 곳에는 옷차림이 조금 다른, 새하얀 법복을 입은 상인 서너 명이 모여 앉아 있었다.

그들은 보통의 상인들이 아닌, 교황청 직속의 상인들이다. 말 그대로 교황과 교단의 눈과 귀가 되어 이 만국 상인 회의에 참석한 자들이었다.

'저들을 앞에 두고 이런 발표를 했다는 것은, 자신이 악마와 계약을 맺은 이단자가 아님을 강력히 강조하는 것과 동시에 상인들을 포섭하기 위함인 건가?'

모두가 그런 생각을 떠올렸다.

구미가 당겼다.

항해에 걸리는 시간을 극단적으로 단축시켜 주는, 거리에 따른 제한을 없애 주는 저 오아시스를 자신도 이용할 수 있다면, 그걸 이용하지 못하는 상인들과의 격차는 하늘과 땅만큼 벌어지리라.

그 생각을 하자 저절로 흥분됨과 동시에 식은땀이 흘렀다.

'만일 이용 못 한다면?'

남들은 이용하는데 자신만 이용 못 한다면…….

아마 끝장이 날 것이다.

수많은 적자 끝에 알거지가 될 수도 있다.

다른 건 몰라도 그것만은 확실했다.

침묵이 깔린 가운데 상인들의 눈치 싸움이 전개되었다.

탐은 나는데 섣불리 움직일 수는 없다. 교황의 상인들이 여기에 있는 탓이었다.

시슬란의 제안에 흥미를 보이는 제스처를 취하는 것이 그를 이단으로 지목한 교황청의 뜻에 정면으로 반발하는 것으로 비칠 수도 있는 까닭이었다.

그런 상인들의 모습을 시슬란은 흥미로운 시선으로 바라보았다. 구미는 당기는데 눈치가 보여 티를 내지 못하는 그들의 모습이 그렇게 웃길 수가 없었다.

그래도 조금만 더 지나면 저들은 교황청의 눈치보다는 실리에 이끌려 시슬란의 사업에 관심을 드러낼 확률이 높았다.

그때였다.

짝짝짝!

"흥미로운 사업 구상, 잘 들었습니다."

회의장의 가장 뒤쪽 테이블에 앉아 있던 사내 하나가 껄껄 웃으며 큰 목소리로 말했다.

모두의 시선이 그쪽으로 돌아갔다.

박수를 친 사내를 확인한 순간, 몇몇 상인들이 움찔거렸다.

참으로 볼품없는 외모의 난쟁이 사내.

그러나 그의 실체가 얼마나 거대한지는 이곳에 모인 상인들 모두가 잘 알았다.

그가 바로 대륙 삼대 상회 중의 하나인 쟈콥슨 상회의 주인, 키린 쟈콥슨이었기 때문이다.

자신에게 몰린 시선을 즐기며 키린이 와인 잔을 치켜들

었다.

"하지만 뭐랄까, 참신하기는 하지만 현실성이 떨어지는 것은 어쩔 수가 없군요. 사막 오아시스의 항구에서 배를 다른 바다로 옮긴다니……. 제가 보기엔 사업적인 면모보다는 소설가로서의 재능이 더 뛰어나신 것 같습니다?"

"아……하하하하!"

"껄껄껄!"

그의 말에 맞추듯 교황청 상인들이 배를 잡고 웃기 시작했다. 키린 쟈콥슨의 무역 장악력 아래에 놓인 상인들도 곧 웃음의 행렬에 동참했다.

대륙 만국 상인 회의장은 순식간에 비웃음의 도가니가 되었다.

그때껏 시슬란의 사업 구상에 내심 흥미를 보이던 상인들은 어쩔 수 없이 관심을 접었다. 대륙 삼대 상회의 하나인 쟈콥슨 상회와 척을 져서는 결코 살아남을 수 없다는 생각이 들어서였다.

결국 회의장의 절반이 시슬란을 비웃고, 나머지 절반은 침묵하는 상황이 벌어졌다.

키린 쟈콥슨이 빙긋 웃으며 분위기를 마무리 지었다.

"어쨌건 상상력과 창의력 넘치는 시간, 유익했습니다. 자, 그럼 다들 다음 사업자의 제안을 들어 보도록 할까요?"

짝짝짝!

키린의 추종자들이 일제히 박수를 쳤다.

분위기는 시슬란의 발표가 끝나 버리는 쪽으로 흘러갔
다.

게다가 키린은 시슬란에게 은근한 모욕마저 주었다.

원래 한 사업자의 발표가 끝나면 다들 그것을 곰곰이 생
각하기 위해 잠시 휴식의 시간을 가지는 것이 관례였다.

그런데 키린은 그것마저도 생략해 버렸다.

시슬란의 사업 구상을 제대로 된 제안으로도 쳐주지 않
겠다는 의미였다.

그때까지도 시슬란은 무표정하게 연단 위에 서 있었다.

키린 쟈콥슨은 여유로운 눈빛으로 시슬란의 시선을 맞받
았다. 겨우 작은 신생 왕국의 뜨내기 국왕, 뜨내기 상회의
주인 주제에 어디 분수를 모르고 까부느냐는, 그런 의미가
담긴 눈빛을 보내며.

그런데 시슬란은 아무런 반응도 보이지 않고 연단을 내
려왔다.

'음?'

내심 그의 반발을 기다리고 대응책도 생각하고 있던 키
린 쟈콥슨으로선 의외의 반응이었다. 상대가 화조차 내지
않으니 오히려 찜찜한 기분이 들 정도였다.

'뭐지?'

키린은 오히려 복잡해진 머리를 굴리며 시슬란의 뒷모습을 보았다.

그때였다.

문득 멈춰 선 시슬란이 고개를 돌려 그에게 눈길을 주었다. 그러자 키린이 앉아 있던 테이블에 괴상한 일이 벌어지기 시작했다.

치이이이익!

그의 테이블 상판 일부가 녹아내리고 있었다.

정확히는 보라색의 괴상한 그림자가 상판 위를 움직이고 있었는데, 그림자가 지나간 자리의 상판은 마치 쇳물을 녹인 듯 나무가 녹아 시커멓게 변색되어 버렸다.

변색된 자리가 글자를 만들었다.

쟈콥슨 상회, 남부의 무역 루트 대부분을 지배하고 있다고 했던가?

치이이익!

글자가 계속 새겨진다.

그 잘난 무역 루트, 모조리 무용지물로 만들어 주

지.

츠츠츠츠⋯⋯.

그림자가 사라졌다.

상판에 새겨진 글자도 사라져 희미한 얼룩만 남았다.

꿀꺽!

키린 쟈콥슨의 목울대가 출렁였다.

어쩐지 정말로 그렇게 될 것 같은 불길한 예감이 문득 들었다.

그는 저도 모르게 소름이 돋는 것을 느꼈다.

2

키린 쟈콥슨의 예감은 그리 틀리지 않았다.

당장 그날 이른 저녁부터 그의 불길한 느낌은 최악의 형태로 실체를 드러냈다.

"뭐? 일부 상인들이 그놈을 찾아갔다고?"

비서의 보고를 들은 키린 쟈콥슨은 기가 막혔다.

지금은 오늘의 사업 발표회가 끝나고 아직 회의장이 정리되기도 전이었다. 그러니까 저녁 식사를 하기도 전인 것이다.

그런데 그를 찾아온 비서는 벌써 몇몇 상인들이 시슬란을 개인적으로 찾아갔다는 보고를 했다.

즉, 회의가 끝나자마자 부리나케 시슬란을 찾아갔다는 뜻이다.

시슬란이라는 작자의 영향력을 그렇게나 억눌렀는데, 일부의 비난을 감수하면서까지 일부러 나섰었는데.

키린은 약간의 억울함마저 느꼈다.

자신에게 이번 일을 맡긴 삼대 상회의 나머지 주인들, 조나스 비드만과 바르사 드레스덴이 이걸 알면 자신을 비웃을 것만 같았다.

아니, 아마 확실할 거다.

이미 그들은 나름의 눈과 귀를 통해 지금 돌아가는 상황을 관찰하고 있을 것이며, 지금쯤은 자신을 안주 삼아 농담과 조롱을 즐기고 있을 것이다.

그 생각을 하자 열불이 치밀었다.

절로 이가 갈렸다.

"대체 누구인가?"

그의 물음에 비서가 말했다.

"맥스웰 상회의 조프 맥스웰, 아미앵 상회의 디예프 아미앵입니다."

"그들이?"

키린의 얼굴이 일그러졌다. 익히 알고 있는 이들이었다.

모를 수가 없다.

바로 키린 쟈콥슨, 그의 주 무대인 대륙 남부 항로에서
활동하는 상인들이었기 때문이다.

정확히 말하자면, 조프 맥스웰과 디예프 아미앵은 바로
키린의 영향력 아래 놓인 자들이나 마찬가지였다.

그런데도 그의 뜻을 무시하고 시슬란을 찾아갔다.

키린이 분노하는 것도 무리가 아니었다.

"대체 왜?"

"최근 그들이 했던 부탁을 들어주지 않으신 것이 가장
큰 원인인 것 같습니다."

"뭐?"

바로 며칠 전, 조프와 디예프 두 상인이 키린을 찾아온
적이 있었다.

부탁을 하기 위해서였다.

상황은 이러하였다.

*   *   *

조프와 디예프는 모두 대륙 남부의 후추 상인이었다. 주

로 열대지방과 동남, 서남 해안을 오가며 후추 유통 사업을
벌였다.

후추는 귀족들이 가장 즐겨 찾는 향신료로서 인기가 높
은 덕에 수요 역시 꾸준한 편이다. 덕분에 조프와 디예프는
지난 10년 동안 꽤 재미를 보고 있었다.

두 사람은 그렇게 모은 큰 자금을 투자하여 전보다 훨씬
큰 규모로 후추를 사들이고 운송 계약을 맺었다. 솔라리스
중부의 소국, 로넨 왕국 왕실에 후추를 공급하는 독점 계약
이었다.

그때만 해도 두 사람은 큰 꿈에 부풀어 있었다. 소국이
지만 왕가다. 지금껏 귀족가를 상대로 하는 계약은 있었어
도 왕족과의 계약은 처음이었다. 게다가 일회성 계약이 아
니었다. 그만하면 두 사람이 꿈에 부풀 정도로 충분히 좋은
조건이었다.

하지만 곧 예기치 못한 시련이 닥쳤다.

로넨 왕국이 자리한 솔라리스 대륙의 중부는 당연히 내
륙이다. 하지만 남부 해안까지 닿은 다뉴브 강이 왕국을 관
통하고 있었다. 그래서 강을 통한 무역이 가능했다.

당연히 두 상인도 강을 통해 후추를 수송하려 하였다.

그런데 거기서 문제가 터졌다.

최근 대륙 남부에 비가 끊겨 가뭄이 들었는데, 그 탓에

다뉴브 강의 수위가 평소보다 훨씬 낮아져 버린 것이다.

때문에 두 상인은 강에 배를 띄울 수가 없게 되었다.

설상가상으로 후추 공급일이 얼마 남지 않은 시점이었
다.

그래서 두 사람은 어쩔 수 없이 육로 운송을 선택해야만
하는 상황이 되었다.

하지만 육로에도 문제가 있었다.

대륙 남부 해안에서 로넨 왕국까지는 육로로 엄청난 거
리가 있었다. 게다가 중간중간에 치안이 엉망이거나 각 왕
국 지방군의 눈길이 닿지 않는 무법 지대가 즐비했다. 따라
서 산적이나 마적의 습격에 대비하지 않을 수 없었다.

그런데 문제는, 두 상인이 이번 후추 공급을 준비하기 위
해 과도한 자금을 사용했다는 데에 있었다. 즉, 두 상인에
게는 산적이나 마적에 대비한 호위 용병을 고용할 자금이
남아 있지 않았다.

용병은 전체 계약금의 절반에 해당하는 선불 없이는 절
대 움직이지 않는다는 관례에 비추어 보자면, 두 상인은 변
변한 호위조차 없이 육로로 값비싼 후추를 운송해야 할 판
이었다.

물론 그것은 자살행위다.

그렇다고 정해진 날짜까지 로넨 왕국으로 후추를 보내지

못하면 계약 위반으로 인하여 두 상인이 감당치 못할 엄청
난 위약금을 물고 파산하는 수밖에 없다.

어느 쪽이건 모두 두 상인이 원치 않는 결말이었다.

그래서 결국 두 상인이 선택한 방법은, 키린 쟈콥슨을 찾
아가는 것이었다. 그들은 키린에게 용병을 고용할 자금을
빌려 주기를 요청하였다.

물론 키린 쟈콥슨은 그들의 요청을 일언지하에 거절했
다. 오히려 두 상인을 어르고 달래며 로넨 왕국에 대한 후
추 계약권을 자신에게 팔라고 설득했다.

못해도 반값은 쳐줄 것이라고.

그만큼이라도 건지고 파산도 면하면 그쪽도 이득이고 자
신도 이득이 아니겠냐는 말과 함께.

당시 조프와 디예프, 두 상인은 속으로 무척 분개했었다.
조금만 도와주면, 용병 수십 명을 고용할 자금 정도만 빌려
주면 될 일이다. 이자와 사례도 충분히 할 용의가 있었다.

그런데 싫단다. 오히려 계약서를 양도하란다.

로넨 왕국과의 후추 공급 계약은 그들의 평생 노력이 깃
든 결실이었다. 그런 것을 이쪽의 곤경을 틈타 헐값에 사들
이려 하는 키린이 정말이지 원망스러웠다.

그러나 그들은 약자였다. 그것도 선택권이 얼마 없는.

결국 두 사람은 고민해 보겠다는 말과 함께 키린 앞에서

물러났다. 그런 그들의 모습을 보며 키린은 결국엔 자신에게 후추 계약서가 양도될 것이라 확신했다.

*   *   *

그게 며칠 전이었다.

그런데 마침 오늘, 시슬란이라는 놈이 얼토당토않은 괴상한 사업 계획을 발표한 것이다.

물론 그 회의장에는 조프와 디예프도 있었다.

'그놈들이……!'

그들의 입장에서 시슬란의 사업 내용은 그야말로 하늘에서 내려온 구원처럼 들렸을 것이다. 물자를 실은 함선을 순식간에 먼 곳까지 옮겨 준다고 하니, 로넨 왕국으로의 후추 수송이 단박에 해결될 수도 있는 일이었다.

키린 쟈콥슨은 이를 갈며 몸을 일으켰다.

"어디로 모실까요?"

비서가 그의 외투를 어깨에 걸쳐 주었다.

키린은 자신보다 머리 두 개는 더 큰 미남자인 비서를 돌아보며 퉁명스레 답했다.

"시슬란, 그놈의 숙소로."

"네, 모시겠습니다."

비서가 설렁줄을 세 번 당겼다.

바깥이 조금 분주해진다 싶더니 순식간에 팔두마차가 저택 앞에 준비되었다.

투두두두두!

키린과 비서를 실은 육중한 팔두마차가 굉음을 뿌리며 상인의 도시, 프라체의 밤거리를 가로질렀다.

3

"누구를 기다리시는 겁니까?"

궁금함을 참지 못한 조프 맥스웰이 물었다.

그럴 수밖에 없었다.

그와 디예프 아미앵, 두 상인을 맞아들인 시슬란은 지금 껏 두 사람을 응접실에 앉혀 놓고 한마디도 입을 열지 않고 있었다.

게다가 응접실에는 빈 의자가 하나 남아 있었다.

누군가 올 사람이 더 있다는 걸까?

그러나 시슬란은 여전히 말없이 앉아 눈을 감고 있었다. 그 모습이 마치 살랑이는 7월의 밤공기를 음미하는 것처럼 보여 두 상인은 애가 탔다.

키린 쟈콥슨의 비서가 말한 그대로 두 상인은 시슬란에게 부탁을 하러 왔다.

오늘 낮 회의장에서 시슬란이 밝혔던 사업 구상, 그것은 두 사람에게 그야말로 충격이었고, 구원의 동아줄이나 다름없게 느껴졌다.

얼마의 이용료를 지불하더라도, 시슬란의 도움만 받으면 어려움 없이 후추를 로넨 왕실에 납품할 수 있는 것이다.

그래서 부리나케 달려왔다.

그런데 시슬란은 말이 없다.

그래도 뭐라 할 수 없는 조프와 디예프였다.

아쉬운 소리를 하러 온 것은 자신들이었기 때문이다.

그렇게 두 상인에게 갑갑한 침묵이 얼마나 이어졌을까, 숙소 밖을 흐르는 여름밤 바람 사이로 마차 굴러오는 소리가 섞였다.

육두마차? 아니면 그 이상?

소리만 들어도 그 마차가 굴러오는 소리가 육중한 것이, 일반적인 마차와는 전혀 달랐다.

시슬란이 내내 감고 있던 눈을 떴다.

"왔군."

그의 눈동자가 빈 의자로 향했다.

조프와 디예프는 저 마차의 주인이 시슬란이 기다리던

나머지 한 사람이란 걸 알 수 있었다.

그걸 증명이라도 하듯 마차가 숙소 앞에 멈추는 소리, 누군가가 내리는 소리, 숙소의 현관이 열리는 소리가 연이어 들렸다.

마지막으로 응접실 문이 열렸다.

"이곳에 시슬란이라는 분, 있습니까?"

열린 문으로 들어온 이는 훤칠하게 키가 큰, 검은색 일색의 심플한 정복이 무척이나 잘 어울리는 미남자였다.

미남자의 뒤로 작달막한 체구의 난쟁이 사내가 천천히 걸어 들어왔다.

"그런 것을 물을 필요 있겠나?"

키린 쟈콥슨이었다.

응접실로 들어온 이는 그와 그의 비서였던 것이다.

시슬란은 앉은 채로 시선만 돌려 그를 맞이했다. 그의 팔이 흐르듯 움직여 빈 의자를 가리켰다. 그제야 입가에 맺히는 우아한 미소.

순간 키린 쟈콥슨이 멈칫했다.

"설마, 날 기다리고 있었던 것이오?"

"보는 대로."

"어떻게 내가 오리란 걸 예상했소?"

"내게 굉장히 신경 쓰고 있는 것이 뻔히 보였으니까."

"으음……."

키린의 표정이 굳었다.

이곳까지 그가 직접 온 데는 이유가 있었다.

남부 항로의 지배자인 그가 한자리에 있다는 것만으로도 조프와 디예프, 두 상인은 위축될 수밖에 없다.

설령 어찌하여 이번 로넨 왕국에의 후추 운송을 마무리 짓는다 해도, 결국 이후에도 후추는 남부 항로의 항구에서 구매를 해야 하기 때문이다.

즉, 키린에게 잘못 밉보이면 앞으로 영영 후추를 사고 싶어도 못 사는 수도 있었다.

그렇기에 자신이 제때 도착하기만 하면 겁을 먹은 두 상인은 시슬란과의 계약을 포기할 거라 생각했다. 그래서 온 것이다.

물론 그의 계산은 반은 맞았다.

키린 쟈콥슨이 등장한 순간부터 조프와 디예프는 사색이 되어 그와 눈도 마주치지 못했다. 혹시 키린이 분노한 것은 아닌지 눈치를 보고 있었다.

그런데 시슬란은 달랐다.

내심 시슬란 또한 자신이 오면 위축 정도는 될 줄 알았는데, 오히려 자신을 기다렸다는 듯 여유가 만만이니 신경이 쓰였다.

'이놈, 대체 뭐지?'

벌이는 일마다 자신의 계산에서 엇나간다.

키린 쟈콥슨은 의자에 앉으며 마음을 단단히 다졌다. 그리고 짧은 사이에 자신이 보여야 할 태도를 정했다.

권위가 통하지 않으면 통하게 만들면 된다.

키린은 호통을 쳤다.

"감히 내가 모르는 사이에 무슨 수작을……!"

"벌이려 하고는 있었는데, 시작은 못 했지."

시슬란은 절묘하게 그의 말을 끊어 버렸다.

그리고 설렁줄을 당겼다.

임시로 고용된 하인들이 의자 여섯 개를 더 놓고 나갔다.

응접실에는 이제 시슬란과 키린, 두 상인, 그리고 여섯 개의 빈 의자만 남았다.

"무슨 짓이오?"

키린이 물었지만 시슬란은 대답하지 않았다. 다시 눈을 감고 침묵에 잠겨 버렸다.

그런 그의 태도에 키린 쟈콥슨이 소리를 지르려던 참이었다.

두두두두!

밖에서 다시 마차 소리가 들려왔다.

마차 소리는 정확히 시슬란의 숙소 앞에서 멈추었고, 몇 사람이 숙소로 걸어오는 소리가 들렸다.

곧 하인의 안내를 받은 몇 사람이 응접실로 들어왔다.

그들의 면면을 본 키린 쟈콥슨이 눈을 부릅떴다.

"아니, 자네들은……?"

만국 상인 회의에 참석한 또 다른 상인들이었다.

게다가 이들은 조프와 디예프처럼 키린의 영향력에 놓인 자들도 아니었다. 물론 대륙 삼대 상회보다야 규모가 훨씬 작지만 그래도 나름의 영향력을 지닌 상인들이었다.

그런데 새로 나타난 상인들의 숫자는 여섯 명이었다.

시슬란이 미리 준비시킨 빈 의자의 숫자와 같은 것이다.

우연의 일치일까?

'아니, 아닐 것이다.'

키린 쟈콥슨이 이를 갈았다.

분명 시슬란은 이들이 올 것을 알고 있었을 거란 생각이 들었다.

직감이었지만 그것은 확신에 가까웠다.

게다가 여섯 상인이 왜 왔는지를 생각하니 키린은 분통이 터졌다.

이들도 시슬란의 사업에 관심이 있는 것이다.

그래서 저들끼리 작당을 하고 이처럼 시슬란을 찾아온 것이었다.

막아야 한다!

이들이 시슬란과 야합하여 따로 세를 불리는 것만은 막아야 했다.

키린이 그렇게 다짐하는 순간, 시슬란이 입을 열었다.

"다들 앉도록."

시슬란의 분위기가 일변했다.

지금까지 그의 목소리가 여유로운 것이었다면, 이제는 거대한 산악처럼 변했다.

단순히 왕족이라는 신분이나 분위기 때문이라고는 감히 표현하기 힘든, 압도적인 권위와 품격의 울림이 깃든 기묘한 음성이었다.

그 탓에 새로 등장한 여섯 상인은 물론이고 키린 쟈콥슨도 일순 숨을 멈추고 그의 기색을 살펴야 했다.

시슬란도 그들을 하나하나 마주 보았다.

사실 키린 쟈콥슨의 예상은 맞았다. 시슬란은 조프와 디예프 외에도 여섯 명의 상인이 자신을 찾아올 것을 정확히 예견하고 있었다.

아까 회의장에서 발표를 끝낸 직후, 키린의 야유를 듣는 짧은 시간 사이에 그는 자리에 모인 모든 상인들의 눈빛을 살폈다.

여기 여섯 명의 눈빛이 달랐다.

정확히 말하자면, 이 여섯 명은 기회를 만난 사냥꾼의 눈빛을 하고 있었다.

허브 항구의 이용 계약을 남들보다 빨리 따내어 한발 앞서려는, 그래서 자신의 상회를 더욱 크고 높은 곳으로 도약시키려는 열망을 지닌 자들의 눈빛이었다.

그걸 본 시슬란은 오늘 저녁에 이들이 올 것이라 예상했다. 절박한 눈길을 보내던 조프와 디예프도 물론이었다.

시슬란이 키린을 돌아보았다.

"물론 그대도 내 사업에 흥미가 있어서 여기에 온 것이겠지?"

"아니, 나는……."

"나도 안다. 그대가 긍정적인 흥미를 가지고 있지 않다는 것을. 내 사업이 어떻게 실패하는지 보고 싶겠지. 그렇지 않나?"

"……."

너무나 직설적으로 짚어 버리니 키린은 순간 말문이 막혔다.

"그래서 한 가지 내기를 하고자 한다."

시슬란이 조프와 디예프를 돌아보았다.

"그대들은 후추를 운송해야 한다고 했던가?"

"그, 그렇습니다."

"목적지는?"

"중부 내륙의 소국, 로넨 왕국입니다. 다뉴브 강을 끼고 있습니다."

"강이라, 잘됐군. 납품 기한은?"

"보름이 남았습니다."

"충분하군. 아니, 넘치도록 많아. 내일 아침이다. 내일 아침까지 로넨 왕실에 그대들의 후추를 전달할 수 있도록 만들어 주지. 어떤가?"

"그, 그게 정말입니까?"

"그렇다. 만일 내일 해가 뜨기 전까지 로넨 왕실에 후추가 납품되지 못한다면."

말을 멈춘 시슬란이 모두를 돌아보았다. 그리고 품에서 양피지 한 장을 꺼내어 펼쳤다.

"루……나리언 상회의 운영 권리 증서?"

디예프가 양피지를 망연히 읽었다.

"그렇다. 내가 소유한 루나리언 상회의 운영 권리 증서다. 만일 내일 아침까지 운송에 실패한다면 이것을 그대, 내 사업을 반대하는 키린 쟈콥슨 그대에게 양도하기로 하지. 그리고 여섯 명, 그대들은 이 내기의 증인이 되어 줄 수 있겠나?"

"흥미롭군요. 좋습니다."

"저도 찬성입니다."

여섯 상인들이 발 빠르게 대답했다.

그들도 시슬란의 사업에 관심이 있었다. 그렇지만 한편으로는 정말 그게 현실적인 것인지 반신반의하는 마음도 없잖아 있었다.

그러던 차에 이번 내기를 통해 허브 항구의 진실성을 공짜로 시험할 수 있게 되었다.

게다가 그들로서는 잃을 것이 없다.

만일 시슬란의 제안이 사기 행각이더라도, 단순히 내기의 증인인 그들은 손해 볼 것이 없었다.

오히려 허브 항구가 진실인 것이 밝혀지면, 가장 먼저 계약을 맺고 수혜를 입을 기회를 얻게 되는 것이다.

이런 좋은 기회를 놓칠 그들이 아니었다.

여섯 상인은 시슬란의 물음이 떨어지자마자 증인이 되겠노라 고개를 끄덕였다.

마지막으로 시슬란이 키린 쟈콥슨을 돌아보았다.

"그대도 내기에 찬성하는가?"

"……찬성하지 않는다면?"

"그래도 상관없다."

"정말로 그렇소?"

"그렇다."

시슬란은 너무나 간단하게 고개를 끄덕였다.

하지만 키린 쟈콥슨은 진실은 그렇지 않다는 것을 알았다.

이 자리엔 시슬란과 그, 둘만 있는 것이 아니었다.

당장 조프와 디예프 두 상인도 있고, 뒤에 등장한 여섯 상인도 있다.

시슬란이 상회의 운영 권리 증서마저 걸고 하는 내기였다. 그걸 거부한다면, 천하의 쟈콥슨이 겁을 먹었다는 소문이 순식간에 퍼질 것이다.

'그래, 내기를 빙자하여 날 이용하고 자신의 사업을 홍보하겠다는 속셈이로군?'

키린 쟈콥슨은 시슬란의 속내를 간단하게 간파했다.

자신을 이용하기 위해 이렇게 치밀한 자리를 마련한 것이 대단하게 느껴지기는 했지만, 그뿐이었다. 쟈콥슨 상회를 대륙 삼대 상회로 올려놓기까지 무수한 고비를 넘겨 온 그였다.

키린이 입술을 비틀며 웃었다.

"좋소. 그 내기, 수락하리다."

거기에 더해 키린 쟈콥슨은 즉석에서 자신의 비서에게 각서까지 쓰게 만들었다. 각서에는 이번 내기의 상세한 내용이 쓰였고, 키린과 시슬란의 서명이 새겨졌다.

"그럼 나는 먼저 가보겠소. 내일 아침, 누가 웃을지 무척 기대가 되는구려."

각서에 서명까지 마친 키린 쟈콥슨이 자리를 털고 일어났다. 장내를 쓸어 본 그는 마지막으로 시슬란을 잠시 노려보다가 자리를 떠났다.

*   *   *

"너무 즉흥적이셨습니다."

투두두두!

프라체의 밤거리를 가로지르는 팔두마차 안에서, 키린 쟈콥슨을 마주 보며 그의 비서가 말했다.

방금 내기를 덜컥 수락한 것을 질책하는 것이리라.

키린의 입가에 쓴웃음이 돋아났다.

"그렇게 보였나?"

"네. 하지만 키린 님의 예전 시절을 보는 것 같아 기쁘기도 했습니다."

"아아, 기억나는군. 그 시절 너는 아무것도 모르는 순진한 꼬마였었지, 아마?"

"키린 님은 자신감 넘치는 젊은 사업가셨고요."

"그래, 그랬지."

키린이 과거의 기억을 더듬었다.

둘의 시선이 마주쳤다.

"그럼 그때처럼 처리할 생각인가?"

"그래 볼까 합니다."

"그때처럼 과격하게?"

"그때만큼 순진하지는 못하니 조금 의식적으로 움직여야겠지만 불가능하진 않을 겁니다."

"그래, 그렇겠지."

순진한 사람은 쉽게 맹목적이 된다.

그리고 맹목은 쉽게 파괴적인 결과를 불러온다.

키린의 비서가 그랬다.

처음 그의 수하로 들어왔을 때, 그는 백지에 가까운 순수함만큼이나 잔인하고 파괴적이었다. 오히려 키린이 그를 일일이 챙기며 제어해야 했을 정도였다.

하지만 세월이 지나면서 그도 노련해졌고, 그만큼 예전보다 자중하게 되었다. 그렇다고 본질이 사라지는 것은 아니다. 억누른다 해도 본능은 본능이니까.

키린이 빙긋 웃으며 말했다.

"살육의 바이칼, 나 키린 쟈콥슨은 오늘 밤 너의 폭주를 허락하도록 하마."

"감사합니다."

목례하는 비서, 바이칼의 눈매에 기묘한 붉은빛이 일렁이기 시작했다.

4

15년 전, 솔라리스 대륙의 남부에는 기묘한 소문이 떠돌고 있었다.

겉으로 보기에는 평범한 어린 소년이 외딴 마을을 기습하여 학살을 자행한다는 괴상한 소문이었다.

처음에는 단순한 소문에 불과했다.

당연했다.

아무도 믿지 않았으니까.

그저 호사가들의 입방아에 오르내리는 흥미 위주의 거짓 소문이라 치부했으니까.

그런데 그게 아니라는 사실이 몇 달 안에 드러났다.

소년은 진짜로 존재했다.

대륙 남부의 작은 무역항, 롬토스의 사람들은 그걸 온몸으로 실감해야 했다.

발단은 단순했다.

부둣가를 거닐던 헐벗은 소년이 있었다.

얼마나 먹지 못했는지 볼은 움푹 들어갔고, 입은 옷도 넝마에 가까웠다.

그런 소년이 홀로 부둣가를 배회하고 있으니 눈길을 끄는 것이 당연했다.

몇몇 질 나쁜 선원들이 소년에게 눈독을 들였다. 음식을 준다는 말로 소년을 외딴 창고로 꾀어냈다.

그리고 소년을 덮쳤다.

오랜 선상 생활로 인해 굶주린 성욕을 풀어낼 작정이었다.

그게 실수였다.

소년은 그들이 생각하듯 가녀린 사냥감이 아니었다.

포식자였던 것이다.

외딴 창고에 길고 긴 비명이 연달아 이어졌다. 피가 사방으로 튀었다. 소년을 강간하려던 선원들은 그 자리에서 사지가 찢겨 죽었다.

한번 피를 보자 소년의 눈이 뒤집혔다.

창고 밖으로 뛰쳐나온 소년은 그때부터 닥치는 대로 마주치는 이들을 학살하기 시작했다.

잠깐 사이에 사상자가 50명에 이르렀다.

부두가 발칵 뒤집혔다.

자경대가 출동했다.

그러나 비쩍 마른 소년 하나를 진압할 수 없었다.

오히려 자경대가 전멸당했다.

공포에 질린 선원들이 서둘러 배를 출항시켰고, 항구의 사람들은 두려움에 떨며 몸을 숨겼다.

목표물을 잃은 소년은 짐승처럼 으르렁거리며 부둣가를 배회했다. 누가 될지는 몰라도 다음 타깃이 되는 이는 확실히 죽음을 맞이하게 될 것 같았다.

그때 소년과 처음 마주친 사람이 바로 젊은 시절의 키린 쟈콥슨이었다.

당시의 그는 대륙 삼대 상회는커녕 이름도 없는 중소 상회를 이끄는 처지였으며, 투자자를 찾지 못하여 파산을 앞두고 있던 가련한 사업가였다.

그날도 투자자를 찾아갔다가 문전박대를 당하고 실의에 빠져 대낮부터 술에 취해 부둣가를 거닐던 중이었다.

그러다가 소년과 마주친 것이다.

물론 소년은 그를 죽이려 달려들었다.

그런데 키린 쟈콥슨의 반응이 이상했다. 겁에 질려 비명을 지르거나 도망치기는커녕 오히려 씨익 웃으며 술병을 내민 것이다.

"오랜만이다. 많이 컸구나? 마셔."

만취한 탓에 키린 쟈콥슨의 눈에 피를 덮어쓴 소년은 보

이지 않았다. 자신을 죽이러 달려오는 소년의 모습이 그의
눈에는 어린 시절 돌림병으로 죽은 동생의 모습으로 보였
다.

정말로 반가웠다. 그래서 환하게 웃었다.

소년이 멈칫했다.

그가 진심으로 자신을 반가워하고 있다는 것을 본능적으
로 느꼈기 때문이다.

기묘한 감정이었다.

지금까지 소년은 자신을 대하는 다른 사람들의 태도는
단 한 가지라고 믿어 왔다.

비명을 지르고, 도망가고, 목숨을 애원하는.

대수림의 정글에서 태어나 자란 후, 인간 세상에서 만난
모든 사람이 그래 왔다.

그런데 이 키 작은 남자는 달랐다.

"자, 마시라니까."

엉거주춤하던 소년은 키린이 내미는 술병을 엉겁결에 받
았다. 그리고 그가 권하는 대로 병째 입을 대고 한 모금을
마셨다.

목구멍을 타고 내려가는 화끈한 느낌에 깜짝 놀랐다.

얼굴이 뜨거워졌고, 금방 기분이 좋아졌다.

키린이 껄껄 웃었다.

소년도 따라 웃었다.

그렇게 키린 쟈콥슨은 소년의 첫 친구가 되었다.

5

'그때 절 거두어 주시지 않았더라면, 저는 얼마 안 가 토
벌대에게 죽었겠죠.'

파팟, 파팟!

밤이 내린 프라체의 거리, 지붕과 지붕 사이를 건너뛰며
비서 바이칼은 지난날을 생각했다.

키린 쟈콥슨을 처음 만난 그날은 지금도 잊을 수가 없다.

당시 바이칼은 사람의 말을 할 줄 몰랐다. 대수림으로 도
피한 범죄자와 그에게 인질로 끌려온 여자 사이에서 태어
난 카르샤였다.

바이칼이 태어나고 얼마 지나지 않아 범죄자인 아버지와
인질인 어머니가 모두 죽었다.

갓난아기였던 그도 금방 죽을 것 같았지만 기적적으로
대수림의 마수들 사이에서 살아남았다. 살기 위해 마수의
움직임을 익혔고, 그들의 사냥술을 모방하고 개량했다.

그렇게 자라던 바이칼은 어느 날 우연히 대수림 외곽에

까지 다다랐고, 거기서 대수림 바깥의 풍경을 보게 되었다.

강렬한 호기심이 소년을 대수림 바깥으로 이끌었다.

이를테면 그는 대수림이 세상으로 내보낸 인간의 탈을 쓴 마수였던 것이다.

당연히 그는 인간의 관습도, 언어도 전혀 모르는 상태였다.

술을 깬 키린 쟈콥슨은 그런 사실을 짐작하고 내심 당황했지만 그를 내치진 않았다. 순진한 그가 자신에게 마음을 연 것을 깨닫고 오히려 그를 적극 활용했다.

자신을 문전박대한 투자자를 찾아가 그 집의 모든 이들을 죽이도록 만들었다. 그리고 목숨을 구걸하는 투자자에게서 거액을 넘겨받았다. 물론 그 직후 투자자도 죽였다.

그 자금을 바탕으로 파산을 앞두고 있던 키린 쟈콥슨의 상회는 기사회생했다.

이후에도 사업이 막히는 때가 가끔 있었다.

그때마다 키린은 바이칼을 활용했다.

방해가 되는 이는 모두 은밀히 지워 버렸다.

덕분에 사업은 폭발적으로 성장했고, 바이칼은 키린의 두터운 신뢰와 사랑을 얻었다. 둘 모두가 만족하는 관계였다.

하지만 그것도 잠시였다.

매번 방해물에 대한 살육을 자행하니 쟈콥슨 상회를 향한 의심의 시선이 쏠리기 시작했다. 자칫 꼬리를 밟힐 수도 있는 상황이었다.

그때부터 키린은 바이칼에게 살육을 명하지 않게 되었다.

대신 바이칼을 양자로 삼았다.

그에게 문학을 가르치고, 교양을 심어 주었다.

그렇게 10년.

각고의 노력 끝에 바이칼은 본능을 억누르고 인간 사회에 완전히 적응했다. 그리고 키린 쟈콥슨의 충실한 비서가 되었다.

그런데 오늘, 키린은 10년 만에 그에게 살육을 명했다. 목표는 다름 아닌 교황청에서 나온 상인들이었다.

'왜 하필이면 그들일까?'

바이칼은 의문을 느꼈다.

조프와 디예프, 두 상인의 배는 오늘 밤, 곧 있으면 부두에서 후추를 싣기 시작할 것이다. 그리고 그 작업이 끝나는 대로 프라체를 출항할 것이다.

그것을 저지하기 위해 그를 보낸 키린은 두 상인의 선원들도 아니고, 선적 작업을 할 부두의 하역꾼도 아니고, 부두의 입출항 관리를 하는 쟈콥슨 상회의 일꾼들도 아닌, 아무런 관련도 없는 교황청의 상인들을 죽이라 명령했다.

'왜?'

궁금했지만 답을 꺼내지는 못했다.

그럴 시간도 없었다.

어느새 교황청 상인들의 숙소 지붕에 도착했기 때문이다.

사삭.

가벼운 새가 내려앉아도 이보다는 더 시끄러울 것이다.

그만큼 바이칼의 움직임은 은밀했다.

그럼에도 그는 성급히 행동하지 않았다. 지붕 위에 내려앉은 자세 그대로 5분간 꼼짝 않고 있었다. 어느새 흘러온 구름이 달빛을 가린 뒤에야 그가 움직이기 시작했다.

대수림 정글 지대에서 생존을 위해 익힌 움직임이었다.

그는 지붕에 작은 틈을 내고 건물 안으로 들어갔다.

그야말로 사냥과 생존을 위해 최적화된 그의 움직임은 마치 건물 지붕에 검은 잉크가 스며드는 것처럼 자연스러웠다.

바이칼은 주변의 기척을 민감하게 감지했다.

'아래쪽 주방에 한 명, 나머지는 각자의 방에.'

아마 식사를 마치고 쉬고 있는 것 같았다. 공기 중에 떠도는 냄새로 보아 식사에는 술도 있었던 듯하다. 게다가 각자의 방에 흩어져 있으니 하나씩 제거하기에는 최적의 조건이었다.

바이칼은 내심 정한 첫 번째 목표를 향해 빠르게 움직였다.

스스스슥.

서까래의 단단한 부위만을 밟아 목표물의 머리 위에서 멈추었다. 그리고 그 자신의 몸이 통과할 정도의 구멍을 만들었다.

목표물은 엄숙한 표정으로 자신의 검을 닦고 있는 교황청의 하급 성기사였다. 그는 머리 바로 위 대들보에 자신의 목숨을 노리는 존재가 걸터앉아 있을 거라는 생각은 전혀 못하고 있었다.

'이유는 모르겠지만 잘 가라.'

그는 키린의 영문 모를 살인 명령에 분명히 이유가 있을 거라 생각하고 추호의 의심도 품지 않았다. 지금까지 항상 그래 왔었다.

바이칼은 천천히 손을 들어 올렸다.

한 번에 뛰어내려 목을 꺾은 직후, 목표물이 쓰러지면 소리 없이 시체를 안아 바닥에 누일 작정이었다.

그는 성기사의 호흡을 민감하게 느꼈다.

들숨, 날숨, 들숨, 날숨, 그리고 들숨…….

바로 지금!

목표물의 들숨과 날숨의 극히 미세한 틈새, 그 사이의 간격을 정확히 감지한 그는 곧바로 대들보에서 뛰어내렸다.

아니, 뛰어내리려 했다.

그가 움직이기 바로 직전, 누군가가 이곳 숙소를 방문하지만 않았다면 분명 뛰어내렸을 것이다.

"손님이 왔습니다."

숙소에 고용된 하인의 목소리가 울렸다.

그 서슬에 놀란 바이칼은 뛰어내리려던 동작을 멈추고 재빨리 대들보 위에 누웠다. 그리고 아래쪽에 귀를 기울였다.

누군가가 하인에게 물었다.

"이 시간에? 대체 누구란 말이냐?"

이어진 하인의 말에 대들보 위의 바이칼은 저도 모르게 숨을 삼켰다.

"루나 왕국의 시슬란이 왔다고 전하라 했습니다."

바이칼의 눈이 부릅떠졌다.

'그가 하필이면 왜 여길?'

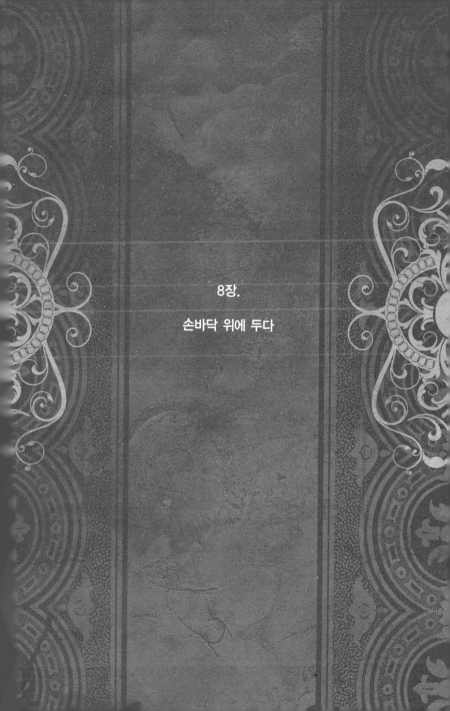

8장.

손바닥 위에 두다

1

"뭐야? 시슬란, 그자가?"

교황청의 상인, 드미트리의 목소리에 의아함 절반, 역정 절반이 섞였다. 교황청 직속 상인인 그의 입장에서는 당연한 반응이었다.

그런데 불쑥 숙소로 들어온 시슬란의 첫마디는 그로선 더 이상한 것이었다.

"다행이군, 늦지 않은 것 같아서."

"늦지 않았다니, 그게 무슨 말이오?"

철컥!

교황청에서 파견된 기사들이 드미트리에게 다가서려는

시슬란을 막아섰다.

그들은 갑옷은 갖추지 못했지만 검은 이미 뽑은 채였다. 만약 시슬란이 한 걸음만 더 다가선다면 틀림없이 검을 휘두를 듯 그들의 기세는 엄중했다.

'하긴, 그럴 법도 하지.'

시슬란은 쓴웃음을 지었다.

저들의 교황이 자신을 이단으로 지목했다.

하급 성기사들의 입장에서 교황의 말은 법이요, 섭리고 진리였다.

그런데 법과 섭리와 진리에게 이단으로 지목된 바로 그 이단자가 지금 같은 방에, 그것도 그들이 지켜야 할 호위 대상에게 다가서려는 상황이다. 눈에 보인 즉시 칼질을 하지 않은 것이 오히려 다행이랄까.

하지만 시슬란은 엄중하게 막아선 성기사들을 유유히 지나쳤다.

"······어?"

성기사들의 입장에서는 그가 움직이는 것도 감지하지 못했다. 눈앞에 서 있었는데 정신을 차려 보니 곁을 지나가 버린 셈이었다.

성기사들이 다급히 돌아섰을 때, 시슬란은 드미트리를 비롯한 다섯 명의 교황청 상인들마저 지나쳐 숙소를 관통하는 긴 복도를 걸어가는 중이었다.

"어, 어딜 들어가는 거요!"

드미트리가 황급히 손짓했고, 성기사들이 우르르 달려갔다. 그런데 이상하게도 시슬란의 걸음을 따라잡을 수가 없었다.

시슬란은 마치 제집을 구경하듯 숙소 이곳저곳을 꼼꼼히 살폈다.

'분명 느껴지는 기운이 있었다.'

그것은 굉장히 이질적인 기운이었다.

이를테면, 일전에 대수림에서 마주친 마수들에게서나 느낄 수 있는 종류의 기운이었다.

극도로 신경을 기울이지 않으면 감지조차 어려운, 과연 인간의 것이 맞나 싶은.

그렇게 시슬란은 숙소를 쭉 둘러보았다.

그리고 마침내, 그의 발길은 바이칼이 숨어 있던 방에 다다랐다.

*　　　*　　　*

'큰일이군.'

바이칼은 식은땀이 바짝 돋아나는 것을 느꼈다.

처음엔 시슬란의 방문이 우연일 거라 생각했다. 그렇게 보지 않으면 상황이 너무나 공교로웠기 때문이다.

바이칼 자신조차 키린이 왜 교황청 상인들을 죽이라 했는지 이해가 잘 안 되는 판국이었다. 그래도 일단은 명령을 지키기 위해 왔다.

그런데 하필이면 지금, 그리고 하필이면 여기에서 시슬란과 떡하니 마주쳤다.

교황청에게 이단으로 지목당한 사내가, 교황청의 상인들을 한밤중에 찾아온 것이다.

'왜?'

그는 오늘 밤 여러 번 떠올렸던 의문을 재차 떠올릴 수밖에 없었다. 하지만 그가 지금 할 수 있는 일은 없었다. 대들보 위에서 숨을 죽이고 시슬란이 돌아가기를 기다리는 것밖에.

하지만 시슬란은 그의 바람과 달리 방으로 걸어 들어왔다. 분명 무언가를 찾는 눈치였다.

바이칼의 눈빛이 번득였다.

'그냥 저자를 없애 버릴까?'

기습에 성공한다면 시슬란 정도는 죽일 수 있을 것 같았다. 게다가 이곳엔 하급 성기사들만 가득하다.

'좋아.'

그는 마음을 굳혔다.

눈을 감고 자신이 설정한 사냥감, 시슬란의 호흡을 읽기 시작했다.

들숨, 들숨, 들숨, 들숨.

그리고…… 들숨, 또…… 들숨, 들숨.

'뭐……지?'

이상했다.

시슬란은 마시는 숨만 있고 내쉬는 숨이 없었다.

내수림에서 수많은 마수를 상대하고 사냥했던 그로서도 이런 경우는 처음이었다.

그러다가 갑자기 섬뜩한 느낌이 들었다.

눈을 떴다.

소름이 돋았다.

시슬란이 그를 똑바로 올려다보고 있었다.

두 사람의 눈이 마주쳤다.

오싹!

순간 바이칼은 자신의 영혼이 산산이 파괴되는 듯한 충격을 느껴야 했다. 그리고 깨달았다.

시슬란은 자신이 어찌해 볼 상대가 아니라는 것을.

아주 어린 시절, 대수림에서 감당 못 할 마수들을 만났을 때의 느낌을 지금 그대로 받고 있는 것이 그 증거였다.

위압감을 느낀 직후, 바이칼의 야성적인 본능은 공격을 선택했다.

휘리릭, 콰앙!

그가 박찬 대들보가 뚝 부러지며 박살이 났다.

바이칼은 잔상이 남을 정도의 엄청난 속도로 교황청 상인 드미트리를 덮쳤다.

'어어……?'

바이칼의 모습이 순식간에 확대되며 드미트리의 시야를 메웠다. 피할 수도, 피할 생각마저도 떠올리지 못할 만큼 경이로운 움직임이었다.

사실 바이칼의 가장 커다란 무기가 바로 이것, 마수와 똑같은 기이한 움직임이었다.

대수림 외곽 정글 지대에는 인간에게 알려지지 않은 수많은 식물이 자란다. 그중에는 상상을 초월하는 약초, 혹은 독초 또한 즐비했다.

바이칼이 그중의 이름 모를 어느 독초를 먹은 것은 그야말로 우연이었다. 어미와 아비를 동시에 잃고 죽음을 목전에 둔 갓난아기였던 그는 배고픔에 못 이겨 아무런 경계심도 없이 눈에 보이는 풀을 뜯어먹었다.

곧 배 속이 타는 듯한 고통이 느껴졌다. 동시에 갓난아기가 경험해 본 적 없는 경이로운 힘이 전신에서 솟구쳤다.

독초의 정체는 일종의 마약이었다.

통증과 함께 인체의 한계를 넘는 힘을 주는 그런 마약.

그때부터 그는 아기라 부를 수 없을 정도의 속도와 힘으로 움직였다. 땅을 기며 벌레를 잡아먹고, 썩은 열매를 주워 먹고, 다른 마수가 먹다 남긴 시체를 뜯어먹었다.

그러다가 약 기운이 떨어지면 본능적으로 다시 같은 풀을 찾았다. 살기 위한 몸부림이었다.

그렇게 그는 마약의 힘에 의지해 마수들의 틈바구니에서 생존했다. 그리고 마침내 그 힘을 가공하여 자신만의 능력으로 발전시켰다. 풀의 마약 성분으로 솟구치는 힘을 바탕으로 각종 마수들의 움직임을 끊임없이 연구하고 흉내 내어 자신의 것으로 만든 것이다.

강인하고 거친 마수들 사이에서 살아남기 위한 전략적인 선택, 그것이 그를 대수림 먹이사슬의 상위로 이끌었다.

그러나 문제도 있었다.

마약은 마약이었다.

바이칼이 조금 자라자 그때까지 축적된 마약 성분이 그의 몸을 좀먹기 시작했다.

그 또한 자신의 상태를 깨달았다.

어쩌면 그 무렵에 대수림을 떠나 인간 세상으로 나온 것은 생존 본능에 입각한 무의식의 선택이었을 수도 있다.

하지만 그렇게 인간 세상으로 나오자 더는 그 독초를 구할 방법이 없었다.

끔찍한 금단현상이 찾아왔다.

그때마다 보이는 사람들을 학살했다. 마수들에 비해 바깥세상의 인간들은 너무나 약했다.

그러다가 우연히 키린 쟈콥슨을 만났고, 간신히 금단현상을 극복했다. 그제야 비로소 정상의 몸이 되었지만 그의 몸에 새겨진 야성의 힘은 전혀 사라지지 않았다.

그 힘이 지금 그를 움직이게 하고 있는 것이다.

'우선 한 놈!'

엄청난 가속을 받은 그의 손이 그대로 흉기가 되어 드미트리의 목을 향해 날아갔다. 눈 깜빡이는 것보다 더 짧은 시간 안에 상인의 목은 날아갈 것이다. 바이칼은 그렇게 확신했다.

하지만.

쩌어엉―!

다음 순간, 막대한 반탄력이 그를 튕겨 냈다.

'헉?'

절로 헛숨이 들이켜졌다.

한계에 가까운 속도로 돌진하다가 무언가에 가로막히자 그만큼의 반발력이 그에게 돌아왔다.

바이칼은 속이 뒤집히는 반발력을 가까스로 견디며 자신을 막아선 무언가를 확인했다.

그리고 자신의 눈을 의심해야만 했다.

'뭐……야, 저건?'

그림자였다.

탁자 위 일렁이는 촛불에 밀려 벽에, 혹은 바닥에 깔려 있어야 할 그림자가 드미트리의 앞을 보호하고 있었다. 그의 손은 그림자에 부딪혀 튕겨난 것이다.

하지만 그는 포기하지 않았다. 포기할 수 없었다.

이곳의 교황청 상인들을 몰살하라는 것이 키린 쟈콥슨의 명령이었기에.

바이칼은 튕겨난 반동을 이용해 뒤쪽의 하급 성기사를 덮쳤다.

"어엇?"

그때까지도 성기사는 검을 절반밖에 뽑지 못한 상태였다. 다시 말해, 숙련된 기사가 검을 반 정도 뽑는 짧은 사이에 바이칼이 드미트리를 습격하려다 그림자에 튕겨 나가고 다시 기사를 덮친 것이다.

우지직!

"크악!"

성기사의 팔에서 살점이 뜯겼다.

피가 분수처럼 튀었다. 핏줄기를 뚫고 바이칼이 문을 향해 움직였다.

콰지직!

바이칼은 나무 파편을 쳐내며 복도로 뛰쳐나왔다. 시슬란을 피해 숙소의 다른 상인들을 몰살하기 위함이었다.

마침 복도에는 상인들과 하급 성기사 네 명이 모여 있었다.

"헉?"

선두의 성기사가 헛숨을 들이켰다.

피잉!

그가 무어라 외치기도 전에 목젖이 뜯겼다.

바이칼은 돌풍처럼 상인들을 향해 몸을 날렸다.

쒸아악!

상인들은 아직 사태를 전혀 깨닫지 못한 상태였다.

바이칼의 입가에 잔혹한 미소가 피어났다.

그러나 그는 뜻을 이루지 못했다.

"제법 까부는군."

쩌엉—!

바이칼은 다시 그림자에 가로막혔다.

덕분에 가장 중요한 속도가 죽어 버렸다.

"치잇!"

돌아보니 어느새 시슬란이 복도로 걸어 나오고 있었다.

위험을 직감한 바이칼은 뒤로 물러났다.

일단 퇴각할 속셈이었다.

'물러나는 척했다가 다시 저들을…… 흡?'

도망치기 위해 천장으로 뛰어오르던 그가 무언가에 부딪혔다.

빠각!

천장 대들보 윗면에 드리워져 있던 촛불 그림자가 일렁이며 일어나더니 그를 내리친 것이다.

바이칼은 파리채에 맞은 파리처럼 바닥에 떨어져 나뒹굴었다.

그에게 다시 일어날 기회는 주어지지 않았다. 자세를 회복하기도 전에 사지가 그림자에 묶여 버린 까닭이었다.

"으, 으윽!"

"아마 이 저택의 사람들을 몰살시킬 생각이었겠지."

'그걸 어찌……?'

당황해 버둥거리는 그를 향해 시슬란이 다가왔다.

그의 한 손이 안주머니에 들어갔다가 나오자 괴상하게 생긴 도마뱀이 그의 손에 들려 있었다.

"으듀?"

바실이었다.

시슬란이 바실이를 향해 말했다.

"바실아, 물어."

"듀!"

바닥에 내려선 바실이는 궁둥이를 좌우로 흔들며 삐딱삐
딱 걸어가더니 바이칼의 허벅다리를 꽉 깨물어 버렸다.

그래 봤자 작은 도마뱀이다.

바이칼의 입가에 실소가 떠올랐다.

"이따위 도마뱀이 문다고 대체 무슨 효과가…… 헉?"

돌연 그가 입을 딱 벌렸다.

허벅다리에서부터 형언할 수 없는 극통이 퍼지기 시작한
것이다.

"도마뱀으로 보이나? 틀렸다. 바실리스크다."

'바실……리스크?'

바이칼의 눈이 부릅떠졌다.

마수 중의 마수, 바실리스크.

바실리스크는 마수 중에서도 최상위를 차지하는 존재.
대수림에서 자란 그가 모를 리 없었다. 대수림에 살던 시절
에도 바실리스크만큼은 무조건 피했던 그였기에.

"하……지만, 고작 새끼잖아?"

그가 덜덜 떨면서도 시슬란을 비웃었다.

바실리스크는 물론 무시무시한, 그야말로 적수가 거의

없는 마수이지만 새끼는 다르다. 그저 조금 특이하게 생긴 도마뱀일 뿐이었다.

시슬란이 피식 웃었다.

"그렇게 믿고 있나?"

사실 바실이는 다른 바실리스크 새끼와 조금 달랐다.

특이하게 성체가 되지 않았음에도 성체에 뒤지지 않는 강력한 독을 지니고 있었다.

처음에는 시슬란도 그 이유를 몰랐는데, 최근에야 알게 되었다. 아마 그가 모르는 사이 바실이는 베놈의 독성을 조금씩 흡수한 것 같았다. 어쩐지 시슬란이 거미여왕 칼라의 독을 해독한 뒤부터 그렇게도 친근하게 엉겨 붙곤 하더니, 다 이유가 있었던 것이다.

어쨌건 바실이에게 물린 바이칼은 순식간에 전신이 마비되고 온몸이 고통으로 덜덜 떨렸다.

그렇게 그는 완벽히 제압되었다.

"이, 이건…… 이잔 대체 뭐요?"

뒤따라 복도로 나온 드미트리가 호들갑을 떠는 동안 시슬란은 팔을 다친 성기사에게 응급처치를 해 주었다.

드미트리는 그런 시슬란을 묘한 눈길로 보았다.

"날 왜 살려 준 거요?"

그는 확신했다.

시슬란은 바이칼이 자신들 일행을 죽이려 한다는 사실을 미리 알고 그걸 막고자 여기에 왔다.

그렇게 생각한다면 방금까지 보여 주었던 시슬란의 무례한 행동들이 모두 아귀가 맞았다.

응급처치를 끝낸 시슬란은 아무런 일도 없었다는 듯 처음의 방으로 돌아갔다.

다른 상인들이 당황한 가운데, 드미트리가 가장 먼저 정신을 차리고 그를 따라 들어갔다.

먼저 들어간 시슬란은 다리를 꼰 채 예의 소파에 몸을 깊숙이 묻고 있었다.

"흥미로운 자가 허무하게 죽는 것은 아까워서."

"대관절 내게 무슨 흥미를 가지고 있단 말이오?"

드미트리가 그의 맞은편 소파에 앉았다.

아무리 생각해도 이유를 떠올릴 수가 없었다.

당연했다.

그는 오늘 시슬란을 처음 보았다. 일면식도 없는 사이인 것이다. 게다가 자신은 그리 잘 알려진 사람도 아니었다.

그런데 대체 왜 자신에게 흥미를······.

시슬란이 미묘한 웃음을 지었다.

"내 선장이 그대에 관한 이야기를 하더군. 매우 흥미로운 사람을 봤었다고."

"무슨……."

"평소에는 그저 부두의 평범한 늙은 하역꾼. 스스로도 자신을 그렇게 알고 있고, 평생을 그렇게 살아왔다고 믿는 노인. 그러나 자신도 모르는 깊숙한 곳에 숨겨진 교황청의 지시가 발동되면 전혀 다른, 아니 숨기고 있던 원래의 인격을 드러내 완전히 다른 사람으로 변모하지. 지금처럼 이렇게, 교황청의 명을 받는 대상인으로. 그렇지 않은가?"

상대의 눈을 똑바로 쳐다보며 시슬란이 한 자, 한 자 또박또박 그의 이름을 불렀다.

"제노 드미트리, 맞나?"

"……!"

유티스 항구의 제노 영감, 아니 교황청의 대상인 제노 드미트리의 눈이 더할 수 없을 만큼 크게 벌어졌다.

2

블랙비어드 선장이 유티스 항구에서 처음 하역꾼 제노 영감을 보았을 때는, 그저 조금 특이한 노친네라는 생각을 했을 뿐이었다.

배에 로망을 지니고 있지만 고질적인 뱃멀미 때문에 선

원이 되지는 못한, 어찌 보면 흔해 빠진 스토리를 지닌 군상 중의 하나일 뿐이었다.

그런데 이상하게도 블랙비어드 선장은 이후로도 제노 영감이 계속 마음에 걸렸다. 잊히지가 않았다.

'왜일까?'

스스로를 향해 몇 번쯤 물었을 때에야 선장은 해답을 얻을 수 있었다.

잠시 스치듯이 본 제노 영감의 손이 원인이었다.

영감의 손은 평생 단련된 하역꾼답게 다부지고 거칠었고, 손바닥에는 굳은살이 철갑처럼 가득했다.

그런데 있지 않아야 할 굳은살도 있었다.

바로 오른손 중지 끝 부분의 안쪽 살이었다.

펜을 잡는 자리다.

그곳에 굳은살이 생기려면 보통 펜을 잡아선 안 된다. 거의 종일 펜을 잡고 살아야만 가능한 일이었다.

그런데 평생 짐짝을 옮기며 살아온 노인네의 손에 펜 자국 굳은살이라니? 설마하니 어울리지 않는 문학에의 열정과 취미라도 남몰래 지닌 것일까?

얼마 후, 블랙비어드 선장은 시슬란의 호출을 받았다. 바로 낙월의 등대를 이용한 동에 번쩍, 서에 번쩍 무역이 시작되던 시점이었다.

그때 저녁 식사 도중, 선장은 자신이 보았던 특이한 노인에 대해 시슬란에게 말했다. 뭔가 의도를 지녔던 것은 아니고, 그저 흥미 위주의 잡담이었을 뿐이었다.

그런데 시슬란은 그 노인에게 흥미를 느꼈다. 그저 별일 아니라 생각하면 그만인 것 같지만, 조금만 깊이 보면 굉장히 수상한 노인이었던 것이다.

게다가 마침 그때의 시슬란에게는 달리 할 일도 없었다. 루나의 왕실에 앉아 베르디스호의 활약을 보고받는 것 외에는 급한 일도 없었던 것이다.

해서 시슬란은 선장이 말한 유티스 항구에 다녀왔다.

밤마다 쥐나 박쥐, 올빼미, 도둑고양이들을 잔뜩 모아 항구에 풀어놓았다. 바실이의 지휘 아래 야행성 동물들은 일사불란하게 움직였다.

제노 영감을 찾는 것은 금방이었다.

그때부터 밀착 감시가 시작되었다.

물론 시슬란이 직접 한 것은 아니었다.

그는 여유롭게 남부 항구의 이국적인 풍광을 즐겼고, 감시는 그를 따르는 야행성 동물들이 수행했다.

그렇게 며칠이 지날 때까지만 해도 제노 영감은 그저 평범한 모습만 보여 주었다. 새벽 일찍 일어나 일터로 갔다가 저녁이면 피곤한 몸을 이끌고 낡은 펍에서 럼주나 기울이는 그저 그런 영감에 불과했다.

사실 시슬란은 당초에 영감이 부활의 사도와 연관이 있는 것은 아닐까 의심했다. 그런데 그런 기미가 전혀 보이지 않으니 당혹스럽기도 했다.

이번만은 자신의 직감이 틀린 것이 아닐까 하는 생각이 들 정도였다.

감시 열흘째의 자정, 잠을 자던 제노 영감이 갑자기 벌떡 일어났을 때까지만 해도 그랬다.

"으으으……!"

잘 자다가 일어난 제노 영감이 머리를 싸쥐고 고통스럽게 침대 위를 굴렀다.

심한 두통? 아니었다.

잠시의 고통이 잦아들고 난 뒤, 몸을 일으킨 제노 영감은 완전히 딴사람이 되어 있었다.

그때가 바로 교황청의 지령이 내려오던 때였다.

이후 제노 영감은 항만의 관리소를 찾아가 잠시 일을 쉬겠다고 말했다. 전날 다친 허리가 도져서 일을 하기가 힘들다고. 전에도 가끔 이런 식으로 서너 달씩 쉬곤 했던 그인지라 관리소장은 아무런 의심 없이 그의 휴직을 허락했다.

영감이 휴직을 받자마자 몇 사람이 은밀히 영감을 찾아왔다.

교황청에서 보낸 사람들이었다.

영감은 그들이 가지고 온 정복으로 갈아입고, 그들이 타고 온 교황청의 상선을 타고 유티스 항구를 떠났다.

그것이 시슬란이 직접 본 교황청 대상인 제노 드미트리의 실체였다.

3

"놀랍군. 교황청 밖에서 내 정체를 알아낸 자가 나타날 줄이야……."

제노 드미트리의 얼굴은 제노 영감일 때와 달라진 점이 아예 없었다. 그러나 생김이 같다고 해서 같은 사람으로 보이는 것은 아니었다.

눈빛, 말투, 표정, 인상, 분위기, 몸짓…… 모든 점에서 제노 드미트리는 제노 영감과 생긴 것은 같되 전혀 다른 사람처럼 보였다.

*　　　*　　　*

그가 처음부터 만들어진 인생을 살았던 것은 아니다. 그는 원래 고아였다. 길거리에서 굶어 죽어 가던 중에 교황청의 사제에게 발견되어 목숨을 건졌다.

당시 사제가 그에게 말했다.

"주신을 위해 봉사할 사람을 찾고 있는데, 해 볼 생각이 있니? 열심히만 한다면 평생 굶을 일은 없을 거야."

굶지 않는단다.

그것 하나만 바라보고 고개를 끄덕였다.

그때가 신앙심을 빙자한 세뇌의 시작이었다.

무려 10년에 걸쳐 인공적인 인격이 심어졌다.

그 탓에 제노 드미트리가 지닌 원래의 인격은 인공적인 인격 뒤로 숨어 버렸다.

그때부터 제노 드미트리는 사라졌다.

대신 하역꾼 제노만 남았다.

원래의 인격은 그가 아무리 간절히 원해도 깨어나지 않았다.

평소엔 깊이 잠들어 있을 뿐. 교황의 명령이 내려와야지만 비로소 제노 드미트리로서의 온전한 인격이 외부로 드러날 수 있게 되었다.

그리고 그때마다 그는 교황청의 개가 되어 교단이 겉으로는 해결하지 못하는, 상계의 검은 거래를 전담하여 처리하고는 했다.

물론 후회하지 않았다.

가짜 인격인 항구의 일꾼 제노도, 진짜인 교황청의 은밀한 명령을 수행하는 상인 제노 드미트리도 둘 다 썩 마음에 들었으니까.

그러나 나이가 들면서 점점 회의감이 들기 시작했다.

이유는 한 가지였다.

세월이 갈수록 가짜 인격인 제노 영감으로 사는 시간이 원래 인격으로 사는 시간보다 압도적으로 많아졌다. 그 느낌은 마치, 인생을 송두리째 빼앗긴 듯한 기분이었다. 자신의 인생을 헌납하고 다른 사람의 삶을 억지로 살아온 느낌이었다.

회의감은 이내 울화로 변했다.

그러나 그것을 밖으로 표출할 수는 없었다.

깊이 뿌리박힌 세뇌가 그것을 막았다.

그리고 이중적인 삶을 살아오면서 자연스레 얻은 깨달음이 그를 달래 주었다.

세상은, 그리고 사람들은 참으로 이상했다.

제노로서는 이해가 안 되는 일이었다:

그는 지금껏 수많은 사람들을 만나면서 자신이 바라는 모습 그대로 사는 사람을 한 번도 보지 못했다.

항구의 잡일꾼과 술주정뱅이도, 낡은 펍에서 싸구려 치

마를 흔들어 대는 창부도, 교활한 상인도, 스스로를 고귀하다고 여기는 귀족가의 사람도, 심지어 교황도 마찬가지였다.

그들은, 그리고 세상 대부분의 사람들은 세뇌 없이도 세뇌받은 것처럼 살아가고 있었다.

정작 자신이 어떻게 살고 싶었는지는 까맣게 잊은 채, 남들 눈이나 의식하며 자신이 맡고 있는 역할극에 충실할 뿐이었다. 오늘은 얼마를 벌었고, 오늘은 권위를 살렸고, 또는 누군가에게 멋지게 보였다는 것들 따위에 만족하며. 정작 자신이 정말로 하고 싶었던 일은 망각하거나, 혹은 포기해 버린 채로.

그런 사실이 제노 드미트리에게 적잖은 위안이 되었다. 적어도 자신만 모든 것을 박탈당하고서 살아가는 것은 아니었던 것이다.

그 깨달음 덕분에 그는 지금껏 온전히 자신의 임무를 수행할 수 있었다.

*　　*　　*

잠시 떠올리던 상념을 접은 제노 드미트리가 시슬란을 흘끔 쳐다보았다.

'죽일까?'

그는 진지했다.

자신의 존재는 그 자체가 교단의 비밀이며, 치부이다.

그걸 알게 되었으니 그냥 두어선 곤란했다.

하지만 그는 이내 고개를 저었다.

시슬란은 방금 자신을 살려 준 사람이란 사실을 차치하고라도, 죽이고 싶다고 해서 지금 당장 죽일 방법도 사실상 없었다.

그때 시슬란이 본론을 꺼냈다.

"그리고 또 하나, 그대에 대한 흥미와는 별개로 날 방해하려는 자가 있다. 그는 이곳에 있는 교황의 상인들을 모조리 죽여 내게 누명을 씌우려 들고 있지."

"우릴 모두 죽인다고……? 그게 누구요?"

"키린 쟈콥슨."

덜컹!

제노가 벌떡 일어섰다.

"그자가 왜?"

"이유는 간단하다."

시슬란이 다리를 바꿔 꼬았다.

"그대들은 교황청의 사람들. 그대들이 한 장소에서 누군가에게 살해당하는 일이 생기면 그 도시는 즉시 홍수를 잡기 위해 경계령이 내려지고 사람과 물자의 출입이 통제될 테지. 맞나?"

"맞소."

시슬란은 자신과 키린 쟈콥슨 사이에 있었던 내기를 간략히 말했다.

제노 드미트리가 입술을 깨물었다.

"그럼 우리 일행의 죽음을 통해 경계령이 내려지도록 만들어서 조프 맥스웰과 디예프 아미앵이라는 상인들의 배가 출항하지 못하도록 저지하려 했다는 말인 거요? 키린 쟈콥슨이?"

"그렇다. 게다가 그대들은 얼마 전 나를 이단으로 지목한 교황의 사람들이다. 나를 살인범으로 몰아가기에 딱 좋은 대상이기도 하지."

"으음……. 증거는?"

"방금 그대들을 죽이려 했던 남자가 바로 키린 쟈콥슨의 비서다."

"그것만으론 날 설득하기에 부족하지 않겠소?"

"그럼 이걸 보면 되겠지."

소파에서 일어난 시슬란이 창가로 성큼성큼 걸어가더니 커튼을 살짝 젖혔다. 그러자 커튼 틈새로 프라체의 조용한 밤거리가 보였다.

제노의 눈살이 찌푸려졌다.

"뭘 보라는 거요?"

"사람들."

"……."

제노 드미트리는 정복 조끼에서 외알 안경을 꺼내 오른 눈에 걸쳤다. 그리고 눈살을 찌푸린 채 창밖을 주시했다.

처음에는 아무도 없는 줄 알았다.

그저 고요한 밤거리일 뿐이라고 생각했다.

그런데…….

"음?"

저 멀리에서 일군의 사람들이 질서 정연하게 대오를 맞추어 걸어오고 있는 모습이 보였다.

실루엣으로 보아 남자들, 검을 차고 무장을 갖춘 모습들이었다.

"저건 프라체의 경비대가 아니오?"

"맞다."

"경비대가 어째서……."

그사이 경비대는 저택을 빙 둘러쌌다.

시슬란이 말했다.

"키린 쟈콥슨이 경비대에 신고했을 것이다. 수상한 사람이 이 저택에 숨어들어 왔다, 정도쯤 되겠지."

"……."

비로소 제노 드미트리는 어쩌면 시슬란의 말이 진짜일지도 모르겠다는 생각이 조금씩 들었다. 그는 이전보다 누그러진 눈길로 반문했다.

"그럼 저들에게 당신이 사로잡은 쟈콥슨의 비서를 넘기고 사실을 밝히면 될 것이 아니오?"

"순진하군."

"……뭐?"

"이곳 프라체는 쟈콥슨 상회의 총회관이 있는 곳이니 경비대쯤 구워삶는 것은 일도 아니었을 텐데."

"……."

"만일 저들 앞에서 사실을 밝히고 살인범이 쟈콥슨의 비서라고 말한다면…… 그대들은 모조리 죽을 것이다. 진실을 숨기려는 쟈콥슨의 손에."

"으으음!"

시슬란의 말이 맞았다.

"그럼 어떻게 하면 좋겠소?"

"몰래 빠져나갈 방법이 있나?"

"있소."

"그럼 일단 저택을 빠져나가도록."

"그다음은?"

"프라체 내항만의 제4 물류 창고가 있는 곳으로 오면 될 것이다."

"제4 물류 창고라…… 언제까지?"

"최대한 빨리."

그때였다.

쾅쾅쾅!

"안에 누구 계십니까! 무사하십니까!"

밖에서 누군가가 숙소 정문을 거칠게 두드렸다. 경비대장의 목소리였다.

드미트리가 황급히 복도로 나가서 문을 열려는 동료 상인들을 제지했다. 그는 낮은 목소리로 저간의 사정을 재빠르게 설명했다. 다들 눈치가 빠른 상인들인지라 간략한 몇 마디로도 돌아가는 분위기를 대충 파악했다.

그들은 부상을 입은 성기사와 기절한 바이칼을 부축하여 숙소 지하실로 내려갔다. 그곳에 다른 곳으로 통하는 통로가 있었다.

"멀리까지 가는 거창한 통로가 아니오. 바로 옆집 지하실로 통하는 거요."

"옆집이라…… 내가 잠시 엄호하도록 하지."

"고맙소. 그럼 이따 부두에서 뵙겠소."

제노 드미트리를 선두로 한 상인들이 차례로 통로로 피

신했다.

그들이 사라진 후, 혼자 남은 시슬란은 은밀하게 숙소 지붕 위로 올라갔다. 그리고 어둠 속에 앉은 채 제노 일행이 옆집 뒷문으로 몰래 빠져나오는 모습까지 확인했다. 다행히도 경비대는 이 숙소만 포위하고 있어서 그들이 빠져나가는 것을 눈치채지 못하였다.

그들은 준비한 도끼로 굳게 닫힌 숙소 정문을 부수는 데 여념이 없었다.

콰지직!

문이 박살 났다.

그 틈으로 경비대가 우르르 들어갔다.

잠시 저택 안이 소란스러워졌다.

제보받은 살인범과 위험(?)에 처했을 제노 일행을 찾는 것 같았다.

하지만 이미 저택에 사람은 아무도 남지 않았고, 바이칼에게 희생당한 하급 성기사의 피만 복도 벽에 잔뜩 뿌려져 있을 뿐이었다.

"피가 굳지 않았다. 불과 얼마 전이야."

경비대장이 이를 갈며 주위를 둘러보았다.

"근처를 샅샅이 수색하라!"

그의 명에 따라 백 명의 경비대원들이 저택 내외부의 수

색을 시작했다.

그러던 어느 무렵이었다.

지붕 위에 걸터앉아 모든 과정을 지켜보던 시슬란이 몸을 일으켰다. 쏟아지는 달빛 아래, 갑자기 우뚝 선 그의 모습은 바닥에 기형적인 그림자를 드리웠다. 저택 마당에 있던 경비대원들이 반사적으로 고개를 쳐들었다.

그러나 그들이 본 것은 아무것도 없었다.

뻐버벅!

고개를 들자마자 찾아온 강렬한 충격에 정신을 잃어버렸기에……

샤아아아!

경비대원 넷을 순식간에 잠재운 시슬란은 거대한 그림자를 온몸에 두르고서 저택 정문에 압력을 가했다.

콰지지지지직!

막대한 압력에 짓눌린 저택이 비명을 지르며 찌그러졌다. 놀란 경비대원들이 들쑤신 벌집에서 벌 떼가 쏟아져 나오듯 우르르 달려 나왔다.

"저놈이 살인범이다! 잡아라!"

경비대장이 사력을 다해 외쳤다.

경비대원들이 검을 뽑아 들고 시슬란에게 달려들었다.

그러나 시슬란은 그들을 상대하지 않았다.

샤아아아!

언제 저택을 무너뜨리려 했느냐는 듯, 그는 순식간에 몸을 돌려 자신을 둘러싼 그림자에 몸을 실었다.

그의 모습이 밤거리를 가로질러 순식간에 멀어졌다.

달빛 아래의 그 모습이 마치 망령의 왕이 세상에 강림한 것만 같아서 경비대원들은 절로 몸을 부르르 떨었다.

그러나 그런 경비대원들에겐 굉장히 유감스럽게도, 친애하는 그들의 경비대장만큼은 시슬란의 압도적인 모습에도 전혀 기가 죽지 않았다.

"뭣들 하는 거얏! 당장 추격하지 못해!"

때론 흉악한 살인범보다도 더 무서운 인물이 그들의 경비대장이었다.

그 사실을 떠올린 경비대원들은 한숨을 내쉬며 떨어지지 않는 발을 억지로 놀려 시슬란을 추격했다.

그 발길은 프라체 내항만의 제4 물류 창고로 향하고 있었다.

9장.

무역 혁명의 시대를 열다

1

"안 된다!"

"이런 법이 어디 있느냐!"

같은 시각, 조프 맥스웰과 디예프 아미앵 두 상인은 목이
터져라 고함을 지르고 있었다. 잔뜩 흥분한 그들의 얼굴은
벌겋게 상기되어 있었고, 고함을 지르는 입에서는 침이 사
정없이 튀었다.

그러나 자리의 어느 누구도 두 상인이 추하다고는 생각
하지 않았다. 그들이 얼마나 필사적인지 잘 아는 까닭이었
다.

"어쩔 수 없습니다. 지금 막 경계령이 내려져서 항만의

모든 창고에서 물류 작업이 금지되었습니다.”

"하지만 우린 오늘 밤에 후추를 실어서 출항해야 한단 말이다!”

"하지만 법이······.”

"빌어먹을 그놈의 법! 법! 빌어먹을!”

더는 참지 못한 조프 맥스웰이 제4 물류 창고 관리인의 멱살을 잡았다.

관리인의 표정이 굳었다.

"자꾸 이러시면 곤란합니다.”

그의 말과 함께 짧은 곤봉을 든 항만 경비대원들이 한 발짝 앞으로 나섰다.

프라체 경비대로부터 항만 봉쇄령이 내려질 때부터 나섰던 이들이다. 저들은 조프와 디예프, 두 상인의 일꾼들이 후추를 배에 싣지 못하도록 저지하고 있었다.

디예프가 관리인의 소매를 잡고 사정했다.

"곤란하다고? 진짜 곤란한 게 뭔지 몰라서 이러는 거야? 제발 부탁하네. 한 번만 눈감아 주게. 지금 후추를 옮기지 못하면 우린 파산이네. 평생의 노력이 물거품이 된단 말일세. 제발, 제발 우리를 좀 보내 주게.”

"······죄송합니다. 명령이라서.”

"닥쳐!”

급기야 조프 맥스웰이 주먹을 당기는 순간이었다.

"잠깐 진정하게, 맥스웰."

"……!"

누군가의 지팡이가 불쑥 뻗어 나와 조프 맥스웰과 창고 관리인 사이를 가로막았다. 놀란 조프 맥스웰이 주먹을 멈추고 상대를 보았다.

키린 쟈콥슨이 지팡이를 든 채 어깨를 으쓱거리고 있었다.

"내 이런 일이 있을 줄 알고 급히 왔지. 다행히 늦지는 않았군. 자네, 지금 왜 이자에게 행패를 부리는 건가?"

"몰라서 그러십니까?"

"정말로 모르겠는데."

"장난하십니까?"

"장난도 아니고, 자네와 그럴 생각도 없네. 그런데 설마 하니 창고에서 후추를 못 꺼내게 되었다고 해서 성질을 부리고 있었던 것은 아니겠지?"

"하, 역시 알고 계셨군요."

"넘겨짚지 말게. 추측일 뿐이니."

조프 맥스웰의 표정이 일그러졌다.

"대체 왜 이러는 겁니까?"

"몰라서 묻나?"

"정말로 모르겠습니다."

"자네, 나를 두고 장난을 치겠다는 건가?"

"장난도 아니고, 쟈콥슨 씨와 이러고 싶은 생각도 없습니다. 그런데 설마하니 저희의 후추 수속을 저지하겠답시고 이런 지질한 수작을 부리신 건 아니겠지요?"

"하, 날 어떻게 보고."

키린 쟈콥슨이 지팡이로 바닥을 땅땅, 소리 나게 짚으며 뒤로 물러났다. 그는 애석함을 가득 담은 표정으로 조프 맥스웰을 보았다.

"내 사실대로 말하지. 교황 성하께 성스러운 명을 받고 이 도시에 찾아왔던 교황청의 상인들이 정체 모를 흉수의 손에 모조리 참살당하였네. 불과 얼마 전에 일어난 사건임을 보아 아직 흉수는 이 도시를 빠져나가지 못했을 걸세. 그래서 항구에 봉쇄령이 내려진 것이네. 지금 이 도시에선 어떤 배도, 어떤 마차도 도시 밖으로 나갈 수가 없네. 이제 내가 무슨 말을 하려는지 알겠는가?"

"그런……."

흥분으로 벌겋게 물들었던 조프 맥스웰의 얼굴에서 핏기가 쑥 빠져나갔다.

교황청의 상인들이 몰살당했다고?

그렇다면 항구에 내려진 봉쇄령은 정당하다.

아무리 자신에게 출항해야 할 이유가 있다고 해도 교황청의 상인들이 살해당한 사건보다 우선일 수는 없는 법이니까.

"그러니 너무 상심치 말게. 이러는 나도 가슴이 아프네. 하지만 어쩌겠는가? 사사로운 관대함을 위해 자네들을 출항시키는 것은 교황청을 적대한 홍수를 돕는 일이 되지 않겠는가? 하니 나를 너무 원망치 말게. 나는 이 도시의 책임자로서 그런 일이 생기지 않길 바랄 뿐이라네."

"크윽……!"

조프 맥스웰이 고개를 떨어뜨렸다. 디예프 아미앵도 마찬가지였다.

교황청의 일을 무시할 수는 없다.

그건 그들도 잘 알았다.

하지만 억울했다. 평생의 노력이 드디어 결실을 맺으려는 순간이었다. 그런데 뜻하지 않은 일로 날개가 꺾여야 한다니! 그걸 하소연할 곳도 없이 이렇게 무릎 꿇어야 하는 현실이 너무나 원망스러웠다.

그리고 그때, 조프 맥스웰은 보았다.

애석한 표정으로 자신을 보는 키린 쟈콥슨의 눈빛을.

얼굴 표정과 달리 그의 눈은…… 웃고 있었다.

'우리를…… 비웃고 있어?'

순간 그는 깨달았다.

방금 키린 쟈콥슨이 지껄인 말들이 허울 좋은 거짓말이라는 사실을.

그게 아니면 저렇게 웃을 수가 없다. 저건 승리자만이 지을 수 있는 그런 종류의 웃음이니까.

그는 내기를 위해 비열한 짓을 서슴지 않은 것이다.

그걸 눈치챈 순간, 간신히 억누르고 있던 조프 맥스웰의 이성이 끊어져 버렸다.

"으아아아! 이 비열한 자식!"

휘잉!

그의 주먹이 키린 쟈콥슨의 얼굴을 후려쳤다.

하지만 키린 쟈콥슨의 지팡이가 더 빨랐다.

빡!

조프의 주먹이 아슬아슬하게 빗나가는 순간, 키린의 지팡이가 조프의 정강이를 후려쳤다. 빠지직하고 뼈 부러지는 소리와 함께 조프 맥스웰이 다리를 움켜쥐고 주저앉았다.

"항만 경비대원들은 들으라! 이자는 교황 성하에게 대적한 흉수를 잡는 일에 비협조적일 뿐만 아니라, 흉수의 체포를 지휘하는 나 키린 쟈콥슨에게 폭력을 행사하기까지 하였다! 이는 이자가 교황청의 성스러운 뜻에 정면으로 반발

한다는 뜻! 당장 이자를 구금하라!"

"예!"

기다리고 있었다는 듯 경비대원들이 우르르 달려들었다.

"자, 잠깐! 잠깐! 내 말 좀 들으시오!"

디예프 아미앵이 친구를 감싸며 황급히 막아섰지만 소용
없었다. 곧바로 무지막지한 곤봉질이 그의 등으로 떨어졌
다.

"크으으윽!"

디예프 아미앵은 기절할 때까지도 비키지 않았다.

다음은 조프 맥스웰의 차례였다.

정강이가 부러진 채 나뒹굴던 조프도 곤죽이 되도록 얻
어맞을 수밖에 없었다.

지팡이를 또각거리며 키린이 그들에게 다가왔다.

그리고 조프 맥스웰의 귓가에 속삭였다.

"아픈가?"

"으으으……. 네놈……."

"어허, 놈이라니! 그러니까 처음에 좋게 말했을 때 후추
운송 계약을 반값에 내게 양도했으면 서로 좋았을 것이 아
닌가. 안 그런가?"

"이 개자식아, 넌 저주받을 거다."

"과연 그럴까? 후후……."

몸을 일으킨 키린 쟈콥슨이 경비대원들을 돌아보았다.

"심문한 결과, 이자는 교황청 상인들을 살해한 흉수들과 한패임이 드러났다. 너희들은 이 간악한 자들의 상선을 철저히 조사하고 선원들을 전원 구금하도록!"

"예!"

경비대원들이 부둣가에 정박한 조프와 디예프, 두 상인의 배를 향해 달려갔다. 그사이에 전신이 포박된 조프 맥스웰과 디예프 아미앵은 분노의 눈물을 철철 흘리며 키린을 노려보았다. 하지만 그들의 입에는 이미 재갈까지 물려 있어 분노의 고함조차도 지를 수가 없었다.

억울했다.

너무나 화가 났다.

하지만 할 수 있는 것이 아무것도 없다.

그저 팔려 온 개처럼 묶여 무력하게 몸을 비트는 것이 전부일 뿐……

그렇게 그들은 자신들의 상선이 점거당하는 모습을 눈알을 뽑고 싶은 심정으로 지켜보았다.

키린 쟈콥슨이 비웃음 가득한 눈길로 이별 인사를 건넸다.

"후후, 그럼 나도 이만. 후추 운송 권리는 내가 맡아서 잘 쓰겠네. 그러니 너무 억울해하지는 말게나. 아, 물론 내기의 보상으로 받을 루나리언 상회도 말이지."

"내 상회를 가져가겠다고?"

"물론 내가 내기에서 이길 테니까…… 헉?"

무심결에 대답하던 키린 쟈콥슨이 화들짝 놀라서 돌아섰다. 그리고 더욱 놀랐다.

어느새 바로 뒤에 시슬란이 서 있었기 때문이다.

'어, 언제?'

아무런 기척도 못 느꼈다. 게다가 그의 주위에는 그의 호위들이 잔뜩 포진해 있었다.

그런데 어떻게?

키린은 치솟는 의문을 접고 일단 황급히 그에게서 물러났다. 호위들 속에 몸을 숨기자 비로소 잠시 상실했던 자신감이 솟구쳤다.

그가 지팡이로 시슬란을 가리켰다.

"저놈이다! 저놈이 바로 교황청 상인들을 살해한 흉수니라!"

시슬란의 입가에 조소가 피어났다.

"내가?"

"그렇다!"

"무슨 증거로?"

"네놈이 교황 성하께 이단의 지목을 받았음을 누구나 다

알고 있거늘, 어디서 발뺌을 하려는 거냐? 애초부터 네놈은 이단으로 지목된 울분과 증오를 풀 곳이 필요했겠지. 그래서 여기 프라체에 왔던 것이 아닌가? 교황 성하의 상인들을 죽이기 위해 말이다! 게다가 여기 증인도 있다."

키린이 눈짓하자 그의 호위들이 어떤 노파를 데리고 왔다.

노파가 부들부들 떨리는 앙상한 손가락으로 시슬란을 가리켰다.

"저, 저 사람이 맞아요……. 저 사람이 그 저택으로 들어가는 걸 내 두 눈으로 똑똑히 봤습니다요."

"……라고 하는군?"

키린이 의기양양한 시선으로 시슬란을 보았다.

어느새 그의 호위들은 물샐틈없이 시슬란을 포위하고 있었다.

스르릉.

호위들의 검이 밤의 어둠 속에서 하얀 이빨을 드러낸다.

그들의 수준은 단순히 호위라고 하기엔 지나칠 정도로 빼어났다.

다른 곳도 아닌, 대륙 삼대 상회의 하나인 쟈콥슨 가문 가주의 직속 호위들이다. 어지간한 왕국 근위 기사단의 기사 정도는 가볍게 찜 쪄 먹을 수준의 검사들로만 구성된 80

인의 강력한 무력 집단이었다.

그런 그들을 믿고 있기에 키린은 그 어느 때보다도 당당하고 힘이 넘쳤다. 제아무리 시슬란이라도 저들의 압박 앞에서는 위축될 것이라 자신했다.

그러나 시슬란의 태도는 그의 예상과 달랐다.

"증인이라……."

그는 자신을 둘러싼 80명의 검사들을 전혀 의식하지 않는 듯, 뒷짐을 지고 천천히 걸음을 옮겼다. 그 모습이 마치 자신의 후원을 유유히 산책하는 것처럼 보일 정도로 여유가 넘쳐흘렀다.

"그런데 어떻게 하나? 내게도 증인이 있는데. 한번 보지 않겠나?"

"하! 증인?"

키린이 실소했다.

"네놈에게 증인 따위가 있다고? 그래, 있다면 있을 수 있겠지. 그런데 있어 보았자 둘 중의 하나이겠지. 네놈이 만든 가짜 증인이거나, 아니면 네놈의 손에 살해당한 교황청 상인들의 억울한 영혼 정도?"

그때였다.

"억울한 자들이라면 여기에 있소이다."

부두 창고 사이의 어두운 골목 안에서 몇 사람이 걸어 나왔다.

시슬란 덕에 저택을 빠져나왔던 제노 드미트리와 교황청 상인 일행이었다.

그들의 입가에는 하나같이 씁쓸한 웃음이 걸려 있었다.

"생각해 보니 쟈콥슨 씨의 말대로 정말 억울하긴 하구려. 죽지도 않은 우리들을 마음대로 죽은 사람 취급하고 있으니 말이오."

"아, 아니, 댁들이 어떻게……?"

"어떻게 죽지 않았는지 궁금하오?"

제노 드미트리의 표정이 싹 굳었다.

그가 눈짓하자 하급 성기사 하나가 업고 있던 사람을 앞으로 내밀었다. 바실이의 독에 전신이 마비된 바이칼, 바로 키린 쟈콥슨의 비서였다.

그를 본 키린 쟈콥슨의 눈이 휘둥그레졌다.

그런 그를 향해 시슬란의 선고가 떨어졌다.

"키린 쟈콥슨! 감히 교황청 상인들에 대한 살해를 사주한 점, 그리고 자신이 저지른 악업을 다른 이에게 누명 씌운 점, 그것을 이용해 성실한 두 상인과 교황청을 기만한 점, 또한 이 모든 악행이 자신의 사리사욕을 채우기 위한 것이었다는 사실이 명확히 밝혀졌다. 하여 나는 이 죄업에 대한 처리를 교황청 상인 대표인 제노 드미트리 공에게 맡기고자 한다."

제노 드미트리가 키린을 가리켰다.

"그대를 교황청에서 주관하는 종교재판에 정식으로 회부하겠소."

"뭐, 뭐야?"

키린 쟈콥슨이 펄쩍 뛰었다.

종교재판에는 자비가 없다. 그리고 애초에 종교재판에 회부된다는 자체가 이단이요, 반역이며, 주신에게 대척되는 사악함에 물들었다는 증거이다.

한마디로 끝장이 나는 것이다.

하지만 키린 쟈콥슨은 쉽게 당황하지 않았다.

"그럼 한 가지 묻고 싶은 것이 있는데, 혹시 이 사실을 교황청에 연락하였나?"

제노 드미트리가 고개를 저었다.

"아직 성하께서는 이 사실을 모르시오."

"하핫, 잘됐군."

키린 쟈콥슨의 눈동자가 주변을 재빠르게 훑었다.

지금 이곳에는 시슬란과 제노 일행을 호위하는 하급 성기사 10명이 전부였다. 반면, 키린에게는 자신을 호위하는 80명의 검사들이 있었다.

키린 쟈콥슨은 마음을 굳혔다.

저들을 모두 죽여 입을 막기로.

그런 주인의 생각을 알았는지, 80명의 검사들은 별다른 명령 없이도 이미 시슬란과 제노 일행에 대한 포위망을 좁혀 갔다. 주인이 종교재판에 회부되면 자신들도 무사할 리가 없음을 잘 알고 있는 까닭이었다.

80명의 최상급 검사들이 무시무시한 압박감을 뿜어냈다.

어지간한 제노 드미트리도 얼굴이 창백하게 질려서 시슬란을 돌아보았다.

"그쪽의 말대로 하긴 했는데, 이젠 어찌할 거요? 방법이 있소?"

시슬란은 대답 대신 코트 안주머니에서 무언가를 꺼냈다.

"아오! 한참 잘 자고 있었는데, 대관절 무슨 일입니까요?"

잠이 반쯤 덜 깬 제피가 눈을 부비며 투덜거렸다.

시슬란이 피식 웃으며 제4 물류 창고와 조프 맥스웰, 디예프 아미앵의 상선을 가리켰다.

"저것들을 좀 옮겼으면 하는데."

"에구, 내 팔자야. 알겠습니다요."

바닥으로 폴짝 내려선 제피가 80명의 검사들 틈으로 아장아장 걸어갔다.

검사 하나가 퉁명스레 말했다.

"뭐야, 이건?"

벌레?

아니다.

작지만 사람처럼 생겼다.

게다가 말도 하고…… 뭔가 많이 수상하다.

그는 자신의 곁을 지나가는 제피를 그대로 밟아 버릴 생각으로 발을 치켜들었다.

그때 제피가 그를 휙 올려다보았다.

"어쭈, 너 그러다가 큰일 난다?"

"이익!"

올라갔던 발이 아래로 빠르게 떨어졌다.

제피가 목을 주물렀다.

"아놔, 진짜 이것들이! 정말이지 요즘 애들은 말로 하면 도통 알아먹지를 못해요."

콰콱!

제피를 밟으려던 발이 무언가에 가로막혔다.

"어어?"

검사가 눈을 휘둥그레 뜨는 순간, 제피의 몸집이 폭발적으로 불어났다.

쿠쿠쿠쿠쿠쿠!

"으, 으아악!"

제피를 밟으려 했던 이는 물론이고, 근처에 있던 80명의 검사들이 제피에게서 쏟아져 나오는 막대한 압력에 모두 튕겨 나가 버렸다.

그리고 초거대 골렘이 일어섰다.

『쿠오오오오! 쌤통이다, 요것들아!』

제피는 한 걸음을 내디뎠다.

부두의 시설이 녀석의 체중을 이기지 못하고 으스러졌다. 그리고 제피는 불과 한 걸음 만에 제4 물류 창고에 도달했다.

『이걸 옮기라굽쇼?』

시슬란이 고개를 끄덕였다.

『예입, 엿차!』

콰드드드드득!

제피가 용을 쓰자 창고 자체가 지반 일부와 함께 땅에서 쑥 뽑혀 버렸다.

제피는 부두에 정박한 상선 두 척을 가리켰다.

『그리고 저거요?』

끄덕.

시슬란이 고개를 끄덕였다.

『엿차, 엿차! 얼씨구.』

제피가 바다로 걸음을 옮겼다.

녀석의 거대한 발이 발목까지 물에 잠기며 물이 튀었다.

제피의 입장에서야 물장구가 약간 일어나는 것이었지만, 평화로운(?) 인간들의 기준에서 그 물장구는 해일이었다.

쏴아아아아!

녀석이 걸음을 옮기는 곳마다 정박되어 있던 배들이 풍랑을 만난 듯 위태롭게 출렁였다.

그리고 제피는 조프와 디예프의 상선을 내려다보게 되었다.

그곳 갑판 위에는 방금 막 상선을 점거하고 선원들을 포박하고 있던 프라체 항만 경비대가 있었다.

자신을 멍하니 올려다보며 입을 헤벌린 그들을 향해 제피가 손을 흔들었다.

『헬로우?』

촤아아악!

인사를 마친 녀석이 한 손을 물속으로 집어넣더니 상선 두 척을 한 손에 들어 올렸다.

"으, 으아아아악!"

깜짝 놀란 경비대원들이 죽어라 비명을 질러 댔다.

『이 정도면 됐습니까요?』

제피가 의기양양하게 양손을 번쩍 들어 보였다. 한 손에는 상선 두 척, 나머지 한 손에는 제4 물류 창고가 엄마 심부름으로 시장에서 사온 생선 묶음인 양 달랑거리고 있었다.

그 모습에 제노 드미트리가 털썩 엉덩방아를 찧었다.

그의 동료 상인들은 턱이 빠져라 입을 벌리고 있었으며, 하급 성기사들은 눈을 감고 성호를 그으며 연신 신의 이름을 불렀다.

하지만 그들의 놀람은 다른 한 사람에 비하면 약과에 불과했다.

"어, 어떻게…… 어떻게……?"

주저앉은 키린 쟈콥슨의 아랫도리에서 하얀 김이 모락모락 피어났다.

오줌을 지려 버린 것이다.

하지만 그것도 깨닫지 못했는지, 그는 상상을 초월하는 초거대 골렘의 난동을 올려다보면서 '어떻게?'라는 말만 끝없이 되뇌었다.

그사이 조프 맥스웰과 디예프 아미앵을 치료한 시슬란이 그림자를 일으켰다.

샤아아아!

시슬란은 얼이 빠진 키린 쟈콥슨과 80명의 검사들을 그림자로 굴비 엮듯 묶어서 한꺼번에 들어 올렸다.

그리고 조프와 디예프, 두 상인을 돌아보았다.

"자, 그럼 이제 운송을 시작할까?"

그림자가 두 상인을 조심스럽게 들어 올렸다.

두 상인은 놀라기는 했지만 시슬란을 굳게 믿기에 그의 그림자에 온전히 몸을 맡겼다.

샤아아아!

그 모든 이들을 실은 그림자를 이끌고서 시슬란의 몸이 허공으로 떠올랐다.

"마, 망령?"

제노 드미트리가 얼결에 중얼거렸다.

그를 돌아보는 시슬란의 입가에 쓴웃음이 떠올랐다.

"망령이 아니다. 설명하기에는 길지만, 그대가 생각하는 종류의 힘이 아님을 알아주었으면 좋겠군. 그럼, 내일 돌아올 테니 그때 보도록 하지."

샤아아!

망령의 제왕처럼 허공을 가로지르는 그의 모습에 밤하늘도, 창백한 월광도 숨을 죽였다.

그렇게 그는 두 상인과 키린 쟈콥슨, 80명의 검사들을 데리고 제피의 어깨 위에 내려섰다.

그가 품속에서 작은 목판을 꺼냈다.

목판에는 베르디스호에 새겨져 있던 것과 같은 종류의

인장이 새겨져 있었다.

"이동을 요청한다. 목적지는 다뉴브 강의 중류, 로넨 왕국의 수도와 맞닿은 선착장으로."

『허락합니다.』

밤하늘에 새로운 태양이 찬란하게 빛나듯, 눈부신 섬광이 쏟아져 나왔다.

화아아악!

거대한 골렘의 모습이 순식간에 사라졌다.

2

후추 운송은 완벽하게 성공했다.

제피는 낙월의 등대를 거쳐 곧바로 로넨 왕국에 모습을 드러냈고, 두 상인의 상선과 제4 물류 창고를 내려놓고는 원래의 모습으로 돌아갔다.

마침 시간이 새벽 깊은 때여서 초거대 골렘의 모습을 본 이는 드물었고, 보았다 해도 어둠이 너무나 짙어 실루엣만 간신히 볼 수 있었을 뿐이었다.

덕분에 잠깐 괴담이 돌기는 했지만 금방 수그러들었다.

대신 조프와 디예프, 두 상인이 다뉴브 강의 가뭄에도 불구하고 이곳까지 상선을 끌고 와서 왕실과의 거래를 성사시켰다는 사실만이 남았다.

두 상인의 명성이 드높아졌으며, 많은 사람들이 찾아와 둘에게 비결을 물었다.

그러면 두 상인은 묘한 웃음과 함께 동석하고 있던 시슬란을 가리켰다. 그리고 자신들이 체험한 낙월의 등대에 대해 간략하게 말해 주었다.

그들의 이야기가 폭발적으로 번져 나갔다.

거기에 시슬란과 두 상인이 만인이 보는 앞에서 프라체로 돌아갔다. 그걸 본 사람들은 더 이상 그들의 이야기가 거짓이라 생각하지 않게 되었다.

불쌍한 것은 로넨 왕국에 덩그러니 남겨진 키린 쟈콥슨이었다. 전날 밤 키린을 데리고 온 시슬란은, 프라체로 돌아갈 때는 그를 로넨 왕국에 말 그대로 버렸다.

"저기, 저러다가 쟈콥슨이 잠적하거나 하면 어쩌시려는 겁니까?"

디예프가 걱정스러운 어조로 물었지만 시슬란은 여상한 태도로 옷깃의 주름을 매만지는 데에만 집중했다.

"그럴 수 없어."

"그럴…… 수 없다니요?"

"잠적해 봤자 아무 소용이 없을 테니까. 이제 곧 교황청이 그를 찾을 거다. 만일 키린이 잠적했다간 그의 쟈콥슨 상회가 교황청에 의해 말라 죽겠지. 교황령에 의해 대륙의 모든 상인들이 쟈콥슨가(家)와의 거래를 끊을 테니까."

"아! 그래서 아무런 걱정 없이 그를 놓아준 것이군요?"

"징계의 의미로 고생도 좀 해야 할 테고."

"그건 그렇습니다. 으하하하핫!"

시슬란의 말을 이해한 조프와 디예프, 두 상인이 서로의 어깨를 두드리며 껄껄 웃었다.

그들은 말 그대로 키린 쟈콥슨을 로넨 왕국에 버린 것이다. 그렇다고 키린의 수중에 돈이 많거나 한 것도 아니었다.

물론 그의 상회가 대륙 곳곳에서 활동하고 있으니 곧 도움을 받을 수 있긴 하겠지만, 그때까지 키린 쟈콥슨은 정말 말도 못 할 고생을 해야 할 것이다.

"어쨌건 그는 결국 프라체로 돌아올 수밖에 없어."

시슬란의 말 그대로 키린 쟈콥슨은 정확히 17일 후에 프라체로 돌아왔다. 그리고 프라체에 도착하자마자 교황령으로 출동한 성기사들에게 연행되었다.

그는 교황청 상인들에 대한 살인미수 혐의를 받았는데, 자신의 결백을 주장하고 무죄판결을 받기 위해 천문학적인 거금을 교황청에 기부해야만 했다. 그 탓에 쟈콥슨 상회가 보유한 전체 자산의 20퍼센트가 한 번에 날아갔다. 상회의

신용은 떨어졌고, 대륙 삼대 상회로서의 입지도 불안정해졌다.

그사이 대륙 만국 상인 회의의 모든 행사가 종료되었다.

그러나 프라체를 떠나는 상인의 수는 적었다.

원래라면 행사가 모두 끝난 시점에 다시 자신들의 근거지로 돌아가야 하건만, 이번에는 다들 그러지 않았다.

시슬란 때문이었다.

아니, 정확히 말하자면 그가 제안했던 허브 항구 사업 때문이었다.

후추 운송을 성공시키고 키린 쟈콥슨이 프라체로 돌아오기까지의 17일 남짓한 시간 동안 조프와 디예프, 그리고 키린과의 내기에 증인으로 나섰던 여섯 상인들이 시슬란과 계약을 맺었다.

허브 항구 사용권 계약이었다.

그들은 각각 인장이 새겨진 목판, 태블릿을 한 장씩 받았다. 낙월의 등대에 이동 요청을 할 수 있는 표식이었다.

대신 그들이 받은 태블릿은 블랙비어드 선장의 것과 다른 점이 한 가지 있었다.

선장이 지닌 태블릿은 하루에 대략 세 번에서 네 번 정도 사용이 가능했다. 반면 골드 등급으로 명명된, 조프와 디예프 등이 받은 태블릿은 열흘에 한 번만 사용할 수 있었다.

다수의 무분별한 사용 때문에 대륙의 경제적 안정이 요동치는 것을 막으려는 조치였다.

그래도 그들은 전혀 불만을 나타내지 않았다. 열흘에 한 번만 사용할 수 있어도 이득은 막대했다. 단 이레면 두 항구 사이를 왕복할 수 있으니 그럴 법도 했다.

실제로 허브 항구 계약을 맺자마자 그들은 낙월의 등대를 이용하기 시작했다. 그리고 다른 상인들과는 비교도 되지 않는 막대한 이윤을 남겼다.

그걸 감지하지 못할 다른 상인들이 아니었다.

처음에는 눈치를 보거나, 심지어 키린 쟈콥슨의 영향력에 의해 시슬란을 적대하던 상인들까지 허브 항구에 관심을 드러내기 시작했다.

그다음은 일사천리였다.

관심은 이내 폭발적인 구애로 이어졌다.

너도나도 계약을 맺기 위해 혈안이 되었다.

시슬란은 그중에서도 믿을 만한 상인들을 중심으로 계약을 허락하기 시작했다.

물론 앞서 계약했던 조프와 디예프 등과도 차별을 둔 계약이었다. 그들은 한 달에 한 번 사용할 수 있는 실버 등급의 태블릿을 받았다.

실버 등급 아래는 브론즈였다.

나머지 상인들은 삼 개월에 한 번 사용이 가능한 브론즈 등급의 태블릿을 받았다.

그렇게 며칠이 더 지나자 만국 상인 회의에 참석했던 거의 모든 상인이 시슬란과 계약을 맺게 되었다.

계약의 내용에는 허브 항구의 시설 개발에 따른 개발비를 지원한다는 내용도 있었다.

곧 대륙 유수의 상회들로부터 막대한 지원금이 쏟아져 들어오기 시작했다. 하루에 들어오는 돈이 너무나 많아서 그것만 세기 위해 따로 사람들을 고용해야 했을 정도였다.

시슬란은 고삐를 늦추지 않았다.

풍부한 자금이 유입되자 대규모로 인부와 물자를 사들였다. 그리고 낙월의 등대로 그들을 데려갔다.

곧 황량하던 사막 한가운데의 오아시스에 각종 시설이 건설되기 시작했다.

물론 많은 사람들이 한꺼번에 몰리니 문제도 생겼다. 거친 성향의 인부들 사이에서 파벌이 생기더니 알력 다툼이 종종 일어나곤 했다.

하지만 그 문제는 간단히 해결되었다.

윈덤에 남아 있던 아리안을 개발 현장으로 불렀다. 마침 딱히 맡은 일도 없고 시슬란을 호위하지도 못해 남모를 울적함을 겪던 아리안이었다. 시슬란의 부름에 눈썹이 휘날리도록 달려왔음은 물론이었다.

그가 현장에 도착하자 알력 다툼을 일삼던 거친 인부들도 단숨에 얌전해졌다. 루나티카에서 명성을 휘날리던 황태자의 호위 무사 아리안을 그 누가 힘으로 제압하겠는가.

덕분에 공사 현장의 치안은 완벽하게 유지되었고, 건설 작업은 더욱 속도를 올려 갔다.

그리고 석 달이 지난 후, 대륙의 모든 상인이 지켜보는 가운데 허브 항구를 정식으로 개항했다.

솔라리스 유수의 상회들이 몰려들었고, 드나드는 상선 덕분에 허브 항구는 인산인해를 이루었다.

돈이 쏟아져 들어왔다.

당초에 시슬란과 베르디스호가 악마와 계약을 맺었다고 하던 소문은 이제 완전히 사라졌다.

상황이 그쯤 되자 입장이 난감해진 쪽은 교황청이었다.

교황이 직접 이단으로 지목했던 시슬란이다.

그런데 시슬란은 보란 듯이 자신의 상선이 이동하는 방식을 세상에 공개해 버렸고, 더 나아가 수많은 유수의 상인들과 계약을 맺기까지 하였다. 그로 인해 이제 그의 허브 항구를 이용하지 않는 상인이 없을 지경이 되었다.

시슬란을 계속 이단으로 몰아세우려면 대륙의 모든 상인들도 이단으로 내몰아야 할 판이었다.

그러나 그것은 애초에 불가능한 이야기였다.

그런 정세를 아는 대부분의 사람들이 교황청의 반응에 주목했다. 그런데 어쩐 일인지 교황청은 아무런 반응도 내보이지 않았다.

사실, 그때 이미 시슬란은 알칸사스의 은밀한 장소에서 교황과 독대를 하고 있었다.

3

가을은 참으로 묘한 마력을 지닌 계절이다.

솔라리스 남부 지방에 비해 확연히 다가오는 서늘한 가을 공기를 마시며 교황, 요하네스 유스문트 2세는 지난여름을 떠올렸다.

그는 처음엔 시슬란을 그저 기가 산 신흥 국가의 젊은 국왕, 그리고 상회를 운영하는 사업가 정도로 여겼다. 한 번쯤 기를 눌러 줘야 할 상대 정도로 말이다.

그런데 누르려고 힘을 줘 보니 그게 아니었다.

상대는 고양이가 아니라 호랑이었다.

그걸 깨달았을 땐 이미 그가 만국 상인 회의에 참석했던 상인 대부분을 자신의 우군으로 만든 뒤였다.

'설마 그럴 줄은 몰랐지.'

유스문트 2세는 숙성된 라임 차를 한 모금 들이켰다.

여름을 지나 서늘한 계절이 올 무렵까지 숙성된 라임 차는 특유의 신맛을 버리고 쓰면서도 달콤한 풍취를 낸다. 그 풍취가 불그레한 단풍과 어우러지면 더할 수 없는 이 계절만의 맛과 향이 되는 것이다.

"어떤가?"

"좋소."

유스문트 2세는 마주 앉은 이를 물끄러미 바라보았다.

"내가 그댈 보자고 한 용건이 무엇인지 알겠는가?"

"모르오."

"설마하니 차만 대접하고 돌려보낼까."

"그럴지도."

"어째서 그렇게 생각하지?"

"그만큼 이 차가 마음에 들어서요."

시슬란은 유스문트 2세의 시선을 덤덤히 받아 내며 찻잔을 내려놓았다.

"파하핫."

유스문트 2세가 파안대소했다.

보통 사람들은 평생 얼굴도 보기 힘든 존재가 바로 자신이다. 하물며 독대하며 차를 마시는 것은 정말로 아무나 할 수 있는 일이 아니었다.

솔라리스의 수많은 귀족들과 왕족들 중에서도 교황과 독대한 이는 많지 않았고, 그들의 반응은 한결같았다.

교황이 자신에게 바라는 것이 무엇인지, 자신이 무얼 해주고 무얼 얻어야 할지 머릿속으로 주판알을 굴리기에 바빴다. 고결한 왕족답게 티를 안 내긴 했지만 어쩐지 교황의 눈에는 그런 것들이 다 보였다.

"내 앞에까지 와서 한낱 차 맛을 품평하는 이는 그대가 처음이로군. 어허허헛."

"그렇소?"

"그렇다마다."

"그게 그렇게 즐겁소?"

"그대는 내가 겁나지 않는가?"

"……."

"그대를 이단으로 지목했네, 바로 내가. 그런데 그대는 나를 겁내지 않는 건가? 잘못했다고 빌지 않을 심산인가?"

시슬란은 대답 대신 찻잔을 들었다.

교황도 찻잔을 들었다.

실내에는 찻잔을 기울이며 옷자락이 스치는 소리, 쓴 차를 입에 머금었다가 목으로 넘기는 소리만이 들렸다.

찻잔이 식었다.

뜨거운 김이 완전히 사라졌을 무렵에는 유스문트 2세의 표정도 굳어 있었다.

"끝내 머리는 숙이지 않겠다는 게로군."

"……."

교황이 희미하게 웃었다.

"그럼 차도 식었으니 본론으로 들어가서 하나 묻지. 자네, 설마 대륙 삼대 상회를 모두 갈아엎을 심산인가?"

"필요하다면."

"필요하다면?"

"그들이 내 일에 방해가 되는 순간, 그리할 거요."

"그들이 교황청의 성실한 동반자임은 알고 있는가?"

"동반자도 상황에 따라선 얼마든지 바뀔 수 있지요."

"그들은 내게 막대한 이득을 주는 자들이네. 지금까지 그래 왔고, 앞으로도 그럴 확률이 지극히 높지. 한데, 그런 그들을 버리고 그대와 손을 잡아야 할 이유가 있겠나, 내게?"

시슬란은 차게 웃는 교황을 물끄러미 쳐다보았다.

"성하께서는 내가 하려는 일이 무엇인지 짐작도 못 하고 계시는군."

"뭐……?"

시슬란이 피식 웃었다.

"숨길 일도 아니니 그대로 말하겠소. 어차피 몇 달 후면 솔라리스에서 내 생각을 모르는 사람이 없게 될 테니까. 그저 간단하게 말하자면, 나는 솔라리스를 지배할 생각이오."

"지배?"

"그렇소. 완전한 지배."

"지금 있는 왕국들은?"

"그대로 유지될 거요. 내 지배는 그리 길지 않을 테고, 내가 떠난 뒤에 혼란기가 찾아오는 건 절대 원하지 않으니까."

"……."

교황은 저도 모르게 입이 바짝 마르는 것을 느꼈다.

얼핏 들으면 미친놈이 하는 소리 같았다.

하지만 시슬란이 말하니 달랐다.

당연한 듯 말하는 저 말들…… 어쩐지 전부 당연하게 느껴졌다. 당연히 이루어질 미래로 여겨졌다. 그냥 느낌이 그랬다.

아니, 단순한 느낌이라기보단 차라리…….

"왜 솔라리스를 지배하려 하나?"

교황은 소리쳐 묻고 싶었다.

단순히 지배하고 군림하는 것이 좋아서? 아니면, 과시하고 싶은 유치한 욕망 때문에? 그것도 아니라면, 단순히 피와 살육에 취해서?

그러나 시슬란의 대답은 교황의 예상 밖에 있는 것이었다.

"집으로 돌아가기 위해서요."

"집……으로?"

"그렇소. 내 고향이오."

고향?

교황은 적어도 한 가지 사실만은 알 수 있었다.

방금 시슬란의 고향이라는 그 한마디에 형언할 수 없는 깊은 울림이 담겼음을……. 그가 지금껏 드러낸 적 없는 회한, 그리움, 열망이 모두 그 한마디에 담겨 있는 것이다.

"도와주시겠소?"

"돕다니, 어떻게?"

"방해만 하지 않으면 되오."

"하지만 솔라리스 전체를 정복하려면 무고한 피가 너무나 많이 흐를 텐데?"

"그럴 것 같소?"

남은 차를 단숨에 마신 시슬란이 자리에서 일어났다.

"보면 차차 알게 될 거요."

"언제쯤?"

"아마…… 조만간?"

그의 웃음을 보며 교황은 문득 그의 말이 정말로 거짓이 아닐 수도 있겠다는 묘한 확신을 느꼈다.

＊　　　＊　　　＊

시슬란이 떠나고 난 뒤, 홀로 남은 교황은 자리를 떠나지 못했다.

"후우……."

긴 한숨과 함께 그가 들어 올린 것은 찻잔이 아닌, 술잔이었다. 독한 술을 연거푸 넘기자 비로소 답답하던 가슴이 조금은 뚫리는 느낌이었다.

그것은 교황의 진심이었을까, 아니면 술김에 한 이야기였을까.

"단지 루나티카로 돌아가기 위해서 이 세상을 모조리 지배하겠다고? 과연…… 대분열의 시대에 세상을 구한 영웅이자 우리의 주신, 샨 대제의 환생자다운 배포야. 푸흐흐흣!"

그날, 교황은 남은 술을 말끔히 비웠다.

10장.

1인 정복자

1

　허브 항구 사업은 날로 번창했다.

　이제 유수의 무역상 중에 허브 항구를 이용하지 않는 자가 없을 지경이었다.

　그럴 수밖에 없었다.

　자신은 몇 달이나 걸려 겨우 물건을 운송하는데, 그사이에 남들은 한 달도 걸리지 않아 운송을 마친다. 이건 경쟁은커녕 어떻게 해 볼 수도 없는 엄청난 차이를 불러왔다. 그렇기에 너도나도 도태되지 않기 위해 막대한 이용료를 내고서라도 허브 항구를 사용할 수밖에 없었다.

　그동안 수많은 시행착오가 벌어지고, 날마다 더욱 효과

적인 무역로가 개척되었다. 그 과정에서 옛 시절의 무역 루트 대부분이 구시대의 유물이 되었다.

그 탓에 기존에 번성하던 몇몇 거대 상단이 씻을 수 없는 타격을 입었다. 대신 보잘것없던 몇 상단이 눈부시게 도약했다. 그중에는 처음으로 허브 항구를 이용했던 젊은 상인 조프 맥스웰의 상단도 있었다.

하지만 조프 맥스웰의 상단도, 함께 도약한 그 어떤 상단도 뛰어넘을 수 없는 거대한 벽이 있었다.

바로 루나리언 상회였다.

다른 상단과 달리 허브 항구 사용에 제약이 없는 베르디스호는 그야말로 대륙을 종횡무진으로 활동했다.

당연히 돈이 쌓였다.

쌓이는 돈은 그것만이 아니었다.

대부분의 상단이 허브 항구를 사용하며 내는 막대한 이용료는 오히려 루나리언 상회가 벌어들이는 수익보다도 많았다.

루나의 수도 윈덤에서 내정을 총괄하게 된 카탈리나가 기겁하여 비명을 질렀을 정도로 엄청난 자금이 모여 갔다.

"이걸 대체 다 어디에 쓰시려고요?"

설마, 전쟁 자금?

전에 시슬란의 입을 통해 솔라리스를 정복하겠다는 포부

를 들었던 그녀였기에 당연히 그렇게 생각할 수밖에 없었다.

현기증이 났다.

대체 얼마나 큰 전쟁을 일으키려고 이토록 막대한 자금을 축적하는 것인가.

그렇게 생각하자 불안하고 겁도 났다.

한데 그런 그녀의 생각을 아는지 모르는지, 시슬란은 피식 쓴웃음만 지었다.

"정말로 그렇게 생각하나?"

시슬란은 태연하게 반문했지만 그래도 카탈리나는 불안감을 지울 수 없었다. 최근의 여러 변화 때문이었다.

허브 항구가 솔라리스에 가져온 파급력은 어마어마한 정도를 넘어서서 그야말로 가공할 지경이었다.

솔라리스의 상계 전체가 재편되었다. 새로운 질서가 대두하였다. 돈의 흐름이 바뀌었다. 몇몇 나라가 경제적으로 큰 타격을 입었다.

때때로 돈의 흐름은 국가의 관계마저 바꾼다. 각국의 국경 지대에선 날로 긴장감이 높아졌다. 언제 어느 곳에서 전쟁이 터져도 이상하지 않을 분위기였다.

그런 일련의 흐름들이 카탈리나에게는 전쟁의 징조로 여겨졌다. 이런 분위기를 타고 시슬란이 거대한 정복 전쟁을 일으키려는 것이라 느끼고 있었다.

"그렇게 생각하면 어쩔 수 없지."

식어 가는 찻잔을 내려놓고 시슬란이 자리에서 일어났다.

"어디 가세요?"

"그 정복 전쟁이라는 거, 한번 해 보려고."

"네?"

병사도, 전쟁 물자도 아직 제대로 준비한 것이 없는데?

그래서 카탈리나는 시슬란의 그 말이 농담이라고 생각했다. 그럴 수밖에 없었다. 말을 마친 시슬란은 군대를 조직하라고도 하지 않았다. 그냥, 평소 그랬던 것처럼 산책 나서듯 유유자적 밖으로 나갔을 뿐이었다.

그래서 그녀는 시슬란이 또 허브 항구에 갔구나 싶었다.

그런데 그게 아니었다.

5일 뒤, 그녀는 전혀 생각지도 못했던 보고를 받게 되었다.

"뭐?"

덜컹!

벌떡 일어나는 바람에 의자가 뒤로 넘어졌다.

그러나 의자 따위에 신경 쓸 겨를이 그녀에겐 없었다.

"방금 뭐…… 뭐라고 했죠?"

한쪽 무릎을 꿇은 전령은 자신이 들고 온 소식을 자신도 믿을 수 없는지 떠듬거리며 말했다.

　"저, 그게…… 인접국 칼세도니가 우리에게 항복하겠다는 뜻을 전해 왔습니다."

　"이유는요?"

　"점……령을 당했다고……."

　"설마, 우리에게요?"

　"예, 그렇다고 합니다만……."

　"전쟁은커녕 병사 하나 보내지 않았는데 어떻…… 헉?"

　퍼뜩 뇌리를 스치는 무엇이 있었다.

　5일 전, 시슬란이 밖으로 나서며 했던 말이었다.

　정복 전쟁이라는 거, 한번 해 보겠다던.

　'설마……?'

　혼자 밖에 나간 시슬란.

　뜬금없이 점령당했다며 항복하겠다는 인접국.

　그 사이에 있을 연결 고리를 추측하던 카탈리나는 말도 안 되는 가능성에 전율을 느끼고 말았다.

　'혼자서…… 나라 하나를 점령했다고?'

2

소왕국 칼세도니는 영토가 좁고 군사력은 약하지만 험준한 산지에 자리한 덕분에 오랜 세월 외적의 침입으로부터 안전한 국가였다. 험준한 산맥 요충지마다 요새를 세워 두니 수백 명의 병사만으로도 수천 명을 능히 막을 수 있었기 때문이다.

그런 칼세도니의 수많은 요새 중에서도 서쪽의 구원덤, 지금의 루나 왕국과 국경을 맞대고 있는 마르카 요새는 특히 난공불락의 명성을 자랑했다. 요새가 세워진 이후 지금까지 단 한 번도 적에게 함락된 적이 없었기 때문이다.

그런 마르카 요새에 불청객이 나타난 것은 늦여름이 한창인 어느 평범한 저녁의 일이었다.

"어? 저게 뭐지?"

요새의 석궁병 아힌은 찢어지게 입을 벌리고 하던 하품을 멈추고 계곡 아래쪽을 살폈다. 그가 있는 요새 정문 망루에서는 깎아지른 절벽 아래의 계곡 전체가 한눈에 훤히 보였다. 그렇기에 계곡 바닥을 통해 빠르게 이동해 오고 있는 검은 물체를 쉽게 관찰할 수 있었다.

"유……령?"

검은 물체는 일정한 형체가 없었다. 흐물거리는 모양새

가 섬뜩하기도 했다.

게다가 계곡은 어두웠다. 시간도 저녁이라 해가 기울어 계곡 안쪽으로는 햇빛이 닿지 않았다. 때문에 그런 곳을 질주해 오는 검은 물체의 모습은 평범한 병사인 아힌에게 불안감을 심어 주기에 충분했다.

그는 망루에 설치된 종을 흔들었다.

곧 상관이 모습을 드러냈다.

"아힌, 무슨 일이야?"

"예, 계곡 바닥을 타고 뭔가가 접근해 오고 있습니다."

"뭐라고? 어디……."

망루에 올라 검은 물체를 본 상관의 표정이 굳었다.

"뭔지는 모르겠지만 좋은 징조는 아닌 것 같군."

오랜 세월 난공불락을 자랑했던 요새의 일원답게 그들은 결코 자만하거나 방심하지 않았다. 아니, 오히려 작은 징조에도 민감하게 신경을 곤두세웠다.

요새 상부로 신속하게 보고가 올라갔다. 곧 요새는 방어 태세에 들어갔다. 휴식을 취하던 병사들이 신속하게 배치되었다.

그사이 검은 형체는 계곡 바닥을 거의 통과했다. 그리고 처음으로 계곡 깊은 곳을 벗어나 모습을 드러냈다.

그 순간 일렁이던 검은 형체가 벗겨지며 정체가 드러났

다.

"사람?"

계곡을 지나 비탈면을 너무나 빠른 속도로 올라오는 건 사람이었다. 거리가 좁혀짐에 따라 차츰 그 모습도 자세히 보이기 시작했다.

검은 머리칼의 젊은 남자였다. 옷은 깔끔하고 고급스러운 것이었으며, 피부도 창백하다 할 만큼 희었다.

만일 이런 장소가 아닌 곳에서 그를 보았다면, 어느 귀족가의 자제라 여겨 마주친 순간 예를 표하며 고개를 숙였으리라.

그러나 지금 저 사내가 인간의 것이라 보기 어려운 속도로 요새를 향해 곧바로 돌진해 오고 있다는 게 문제였다.

요새 사령관 샤를이 외쳤다.

"멈추시오! 더 접근하면 무력을 사용하겠소!"

그러나 사내는 멈추지 않았다. 오히려 더욱 속력을 높였다.

그리고 어느 순간.

투우우웅—!

하늘과 땅이 울었다.

그리고 대낮이었던 하늘이…… 순식간에 까만 밤으로 돌변했다.

"어? 어어어!"

"당황하지 마라! 눈속임이다!"

너무 놀라 주저앉거나 비명을 지르는 병사들과, 그들을 수습하기 위해 악을 쓰는 하급 지휘관들의 고함이 뒤섞였다.

결국, 사령관 샤를도 인내심을 잃고 말았다.

낮을 밤으로 바꾸어 사람을 현혹하는 자가 마음대로 요새에 접근하도록 내버려 둘 수는 없었다.

"발사."

혼란을 수습한 직후, 공격 명령을 내렸다.

300발의 화살이 사내를 향해 날아갔다.

그럼에도 사내는 멈추거나 경로를 틀지 않았다. 쏟아지는 화살 비를 향해 마주 달려올 뿐이었다. 그래서 병사들은 다음 장면이 사내가 고슴도치 꼴이 되어 나뒹구는 것일 거라 자연스레 생각했다.

그러나 그 예상은 틀렸다.

샤아아아아!

기이한 소리가 사내의 주위에서 울리기 시작한 순간, 그를 향해 날아가던 화살이 기이한 반응을 보였다. 얇디얇은 화살 아래, 방금 막 떠오르기 시작한 달빛에 의해 생긴 그림자가 화살 아래쪽을 비틀어 버린 것이다.

뚜두둑, 뚜둑!

화살이 갑자기 휘어 버리거나 부러졌다. 그 때문에 사내를 향해 날아간 화살은 모조리 경로가 뒤바뀌고 말았다. 사내는 실오라기 하나 화살에 맞지 않고 첫 번째 저지선을 돌파했다.

사령관 샤를의 얼굴에 경악이 떠올랐다.

"마법사다! 대마법사 전투 준비!"

오랜 세월 지켜 온 난공불락의 이름은 그저 노름판에서 허투루 따먹은 게 아니었다. 이들은 일반 군대뿐 아니라 마법사를 상대하는 대마법사 방어 전투에도 상당한 숙련병이었다.

사령관 샤를의 명령이 떨어지자마자 병사들이 항마(Anti-Magic)의 마법진이 설치된 방어 구역으로 일사불란하게 이동한 것이 그 증거였다.

그러나 이들의 불행은, 사내가 마법사라는 전제를 깔고 방어를 준비했다는 사실이었다.

사내는 마법사가 아니었다.

그가 사용하는 힘은 솔라리스에 흔히 존재하는 마법 같은 능력이 아니었다.

루나티카 황실에 대대로 전해 내려온 비술과 비전의 총아, 거기에 위대한 로열블러드의 힘이 결합한 것이 바로 그의 능력이었다.

샤아아아!

시슬란에게서 뻗어 나온 지배력이 요새 석벽의 그림자를 장악했다. 안티 매직 마법진이 새겨진 벽이었다.

"어리석은! 마법으로 여길 깰 수 있을 것 같…… 어엇?"

쩌저저적!

그림자가 제멋대로 뒤틀리는 것과 동시에 석벽이 그림자와 똑같은 모양으로 뒤틀렸다. 순식간에 금이 가고 붕괴가 시작되었다.

"어? 어어어엇!"

딛고 서 있던 자리가 무너져 버리니 등에 날개가 돋지 않는 이상 방법이 없었다. 병사들은 허우적거리며 붕괴의 현장 속으로 빨려들어갔다. 아니, 들어갈 뻔했다.

터터틱! 터틱!

그들이 죽음의 나락으로 빠지려는 찰나, 그들의 몸을 받쳐 든 것은 어이가 없게도 그들 자신의 그림자였다. 그림자는 그들을 구덩이에서 건졌을 뿐만 아니라 안전한 구역으로 옮겨 주기까지 했다.

그사이에도 파괴는 계속되었다.

콰르르릉! 콰드득!

햇빛이 닿는 반대 면의 그림자가 뒤흔들리고 춤을 출 때마다 견고한 요새도 따라 춤을 추었다. 벽이 뒤틀리고 기둥이 끊어졌으며 망루가 무너졌다.

상상을 초월하는 파괴의 현장이었다.

병사들은 그저 죽지 않기 위해 이리저리 뛰어다니는 것 외엔 할 수 있는 일이 없었다.

그렇게 불과 10분 만에 칼세도니 왕국의 난공불락 요새 마르카는 위풍당당하던 모습에서 폐허로 변하고 말았다.

게다가 더 무서운 점은, 요새에 주둔해 있던 병사 중에 아무도 죽거나 다친 사람이 없다는 점이었다.

시슬란은 그들을 죽이지 않았을 뿐만 아니라 포로로 삼지도 않았다. 그저 그들이 겁에 질린 얼굴로 도망치는 모습을 구경했을 뿐이었다.

죽일 필요가 없었다.

잡을 필요도 없었다.

언제든지 죽일 수 있고 잡을 수 있을뿐더러 아무런 위협도 되지 않는 자들이었다.

요새 하나를 폐허로 만든 대가로 그가 얻은 타격은 약간의 미약한 두통밖에 없었다. 그 두통마저도 한 시간이 지나기 전에 시원하게 가라앉았다.

'자, 그럼 계속 가볼까.'

마르카 요새를 초토화한 시슬란의 걸음이 다음 요새로

이어졌다.

다음 요새도 마르카 요새와 비슷한 운명을 맞이했다. 그 와중에 다친 병사가 아무도 없었음은 물론이었다.

거기서도 시슬란의 걸음은 그치지 않았다.

그는 아무런 거리낌도 없이 직진했다. 칼세도니 왕국의 수도를 향하여.

그 와중에 여섯 개의 요새와 두 개의 성이 박살 났다.

그리고 마르카 요새를 무너뜨린 지 정확히 5일째 되는 날, 그는 칼세도니 국왕의 항복을 받아 냈다.

그 모든 일이 시슬란, 한 사람이 단독으로 벌인 일이었다.

그리고 사람들은 믿기조차 어려워했지만, 그것이 그가 계획하던 정복 전쟁의 실체였다.

비로소 카탈리나는 깨달을 수 있었다.

시슬란이 왜 허브 항구를 운영했으며, 그를 통해 막대한 자금을 축적했었는지를……

3

"그건…… 전쟁 자금이 아니었어. 전후 복구 작업을 위해 필요한 돈이었던 거야."

생각할수록 기가 막혔다.

현기증도 났다.

현실적으로 그게 가능한 일이란 말인가. 너무나 어처구니가 없어서 아직도 믿기지 않았다.

그러나 손에 들린 칼세도니 국왕의 항복 문서는 진짜였다. 그리고 그 문서 아래 테이블 위에는 시슬란이 단독으로 칼세도니 왕국을 병합(?)하며 벌인 재산 손실이 꼼꼼히 기록되어 있었다.

비로소 카탈리나는 알게 되었다.

허브 항구를 통해 쌓은 막대한 자금, 그것은 전쟁을 준비하기 위한 돈이 아니었다.

애초부터 시슬란은 전쟁 자금 따위는 아예 생각하지도 않은 남자였다. 왜냐고? 전혀 필요 없으니까.

그럼 그 대규모의 자금은?

시슬란이 점령한 국가의 손실을 복구시키고 그에 따른 혼란을 수습하기 위한 자금이었다.

'잠깐, 그렇다는 말은……'

서류를 넘기던 카탈리나가 멈칫했다.

오싹 소름이 돋았다.

방금까지 함께 차를 마시던 시슬란이 또다시 어딘가로

산책하러 나갔다는 사실을 불현듯 떠올렸기 때문이다.

'산책? 정말일까?'

그녀는 자기도 모르게 모종의 마음 준비를 했다. 왜 그랬는지는 모르겠지만, 저절로 그렇게 되었다. 그리고 며칠 뒤에는 그러길 잘했다고 스스로 위안하기에 이르렀다.

정확히 6일 뒤, 칼세도니 왕국 옆에 있는 엠버 왕국에서도 항복 문서를 보내왔기 때문이다.

물론 이번에도 시슬란 혼자서 실행한 일이었다.

'그럼 대체 언제까지……?'

문득 카탈리나는 압도되는 느낌을 받아야 했다.

'솔라리스 정복을 정말로?'

그녀는 이해할 수 없는 확신을 느꼈다.

이 남자, 정말로 그럴 것 같다는.

불행인지 다행인지, 그녀의 예감은 정확히 들어맞았다.

4

시슬란은 이제 아예 윈덤으로 돌아가지 않았다.

엠버 왕국을 복속시킨 그는 곧바로 다음 목적지를 향해 움직였다. 그 옆의 나이로비 왕국이었다.

나이로비 왕국은 칼세도니나 엠버보다는 더 큰 국가였다. 역사도 오래되었으며, 곡창지대를 차지하고 있어 전력도 막강했다.

시슬란은 자신의 행보를 전혀 감추지 않았다. 덕분에 나이로비 왕국은 그가 엠버 왕국을 출발한 직후에 자신들이 다음 목표가 되었다는 사실을 알았다.

왕국 역사상 두 번째로 제후들에 대한 총동원령이 내려졌다. 왕국군과 제후들의 연합군이 모조리 결집하여 타란탈 평원에서 시슬란을 맞이했다.

그에 대한 시슬란의 감상은 딱 한마디였다.

"날 편하게 해 주는군."

일일이 찾아가서 부수지 않아도 된다. 지금 부수지 않은 놈들이 나중에 따로 문제를 일으킬 확률도 대폭 낮아진다. 이래저래 시슬란으로서는 수고를 더는 셈이었다.

물론 그걸 모르는 나이로비 왕국의 군대는 승리를 확신했다. 당연했다. 칼세도니나 엠버 따위와는 비교도 안 되는 전력이 모였다. 게다가 이곳은 몸을 숨길 곳이 없는 평원이었다. 상대가 제아무리 강하다 해도, 설령 대륙 최강자라 일컬어지는 삼황, 즉 교황이나 검황, 마황 백 명이 모인다 해도 이곳에서 군대를 이길 방법은 없었다. 없을 거라 여겼다.

그러나 그러한 생각은 그들의 자만에 불과했다.

지평선 너머로 창백한 달이 떠오르는 순간, 이미 이 싸움은 결말이 정해진 것이나 다름없었다.

달칵.

시슬란은 세 개의 마나 크리스털을 모두 착용했다.

귀걸이와 팔찌, 반지까지……

그러자 예전에는 알 수 없었던 엄청난 힘의 물결이 마나 크리스털에서 흘러나와 그의 내부로 깃들었다.

전에는 없던 현상이다.

샨 대제의 목판에 숨겨진 비밀을 알아내기 전까지는.

샤아아아!

그림자가 망령처럼 와락 일어섰다.

그 기세 또한 과거 루나티카에서 절정의 위력을 과시하던 시절에 거의 근접해 있었다.

'무한의 그림자(Unlimited Shadow)……라고 했던가?'

허브 항구의 사업을 추진하는 몇 개월의 시간 동안 시슬란은 알카즈의 지하에서 얻은 샨 대제의 목판을 연구했다. 그리고 마침내 마나 크리스털에 깃든 로열블러드의 힘을 끌어내는 방법을 익히기에 이르렀다.

그 과정에서 그는 한 가지 사실을 알게 되었다.

루나티카의 황실에 전해 내려오는 그림자를 다루는 기법

은 수없이 많았다.

그러나 샨 대제로부터 지금까지, 6천 년에 달하는 기나긴 역사의 흐름 속에서 그 수많던 기법들은 하나씩 사라져 왔다.

비전의 계승자인 황족은 비전을 연마할 큰 필요성을 느끼지 못하였고, 그보다는 현실적인 통치와 정치에 더욱 관심을 기울였기 때문이다.

그리하여 지금 시슬란의 대에 이르도록 전해진 비전은 고작 그림자의 힘을 이용하여 상대를 구속하거나, 타격하거나, 움직임을 조종하거나, 두 그림자 사이의 통로를 이어서 공간을 걷거나, 그림자 속에 몸을 숨기는 정도밖에 남지 않았다.

그런데 지금 시슬란이 사용하는 비전은 지금까지의 그런 비전들과는 완전히 궤를 달리하는 종류의 것이었다.

샤아아아아!

달빛 아래 그림자가 춤을 춘다.

갈대는 꺾이고 바람은 숨죽인다.

함성은 고함으로, 고함은 비명으로, 비명은 애원으로 바뀐다.

자그마치 3만 명의 비명과 애원이다.

병사도, 장군도, 제후도, 직접 지휘봉을 잡은 국왕도 이 순간은 한마음으로 소리쳤다.

살려 달라고.

그만 멈추어 달라고.

달이 구름 뒤로 숨었다.

광기 어린 춤을 추던 그림자가 처음으로 멈추었다.

이윽고 다시 별과 달이 모습을 드러냈을 때, 타란탈 평원에는 3만 명의 사람이 단 한 명을 향해 엎드려 이마를 땅에 찧고 있었다.

"복종을 맹세합니다……!"

합니다!

합니다……!

3만 명의 목소리가 평원 끝에서 끝까지 울렸다.

단 하룻밤의 시간에 왕국 하나를 복속시키는, 그러면서도 한 명의 사상자도 없이 모두를 포로로 삼은 기이하도록 기념비적인 순간이었다.

또한, 솔라리스의 나머지 모든 국가가 하나의 연합으로 뭉치게 된 계기를 만든 사건이기도 하였다.

〈다음 권에 계속〉

강호풍 신무협 장편소설

ORIENTAL FANTASY STORY & ADVENTURE

악당무적(惡黨無敵)

음모첩중의 난세 · 그 한복판에 뛰어든 한 사내, 무유!

그로 인해 강호의 역사가 송두리째 흔들린다!

dream book 드림북

『검명무명』, 『반검어천』의 작가
자우 신무협 장편소설

항마신장

항마신장

자우 신구협 장편소설

ORIENTAL FANTASYSTORY & ADVENTURE

아버지와 스승의 유언을 가슴에 새기고
십수 년만에 중원 강호에 돌아온 필부.

소림사(少林寺) 불가욕(不可辱).
천하무종 소림, 누가 그 이름을 욕보일 수 있는가!

dream books
드림북스

박정수 판타지 장편소설
FANTASYSTORY & ADVENTURE

뱀파이어
무림에 가다

인간으로서 숨 쉬는 법을 잊었으나 잊지 않으려는 자,
핏줄의 계보를 거슬러 어둠의 일족이 된 자,
붉은 눈의 그림자이며, 야현이라 불리는 자,
그가 무림으로 돌아왔다!

핏빛 눈동자로 연주하는
공포의 선율, 죽음의 송가!

뱀파이어로서 다시 무림에 발을 들인 그날에도
다만 운명은, 찬연히 빛날 따름이었다.

dream
books
드림북스